슬기로운 아프리카 생활

일상의 스펙트럼 10

슬기로운 아프리카 생활

이은영

산지니

나에게 새로운 세상을 보여 주고 어려울 때 힘이 되어 준
알리슨, 자뚜, 앙젤, 요비, 승진 그리고
내 꿈을 항상 지지해 주는 남편에게 이 책을 바칩니다.

차례

운수 좋은 날 — 9
내가 왜 여기 코트디부아르까지 왔는지 — 17
어른의 장래희망 — 28
아시아인이 아프리카에서 일한다는 것 — 35
'드록바'의 나라, 코트디부아르 — 44
물과 전기, 인터넷이 없는 삶 — 53
아기 코끼리 신드롬 — 62
아프리카, 그 베일 뒤의 화려함에 대하여 — 69
아프리카에서 슬럼프를 마주쳤을 때 — 75
파랑새를 찾아서 — 83
나는 한국에서보다 행복할까? — 93

원더우먼이 꿈은 아닌데요 — 97
어느 건물 관리인의 죽음 — 105
코트디부아르의 물가는 왜 유럽보다 비쌀까? — 110
코로나 바이러스의 민낯 — 119
스타벅스 이론 — 128
가난한 이를 돕는 좋은 방법 — 135
아예 재활용을 그만둡시다 — 142
소 도살장의 기억 — 150
프로퇴직러에게 아프리카가 남긴 것 — 158

맺는 말 — 168

운수 좋은 날

TIA(This is Africa), 여기는 아프리카니까

꽤 운이 좋았다. 인천공항에서 체크인을 하며 운 좋게 비상구 앞자리를 얻은 것이다. 야호! 옆자리에 앉은 수단 아저씨도 좋은 말동무였다. 조용히 교양 있게 말하는 그는 의사인데 서울아산병원에서 컨퍼런스를 마친 후 집에 가는 길이란다. 의사가 바로 옆 자리에 앉다니. 만일의 응급상황을 상상하니 더욱 운이 좋게 느껴진다.

경유지인 에티오피아 아디스아바바로 향하는 비행기에는 다양한 사람들이 있었다. 에티오피아로 단체관광을 가는 젊은 사람들, 파란색 유엔 모자를 쓴 군인까지. 비행기는 만석이 아니라 꽤 여

유가 있었고, 음식은 썩 입에 맞지 않았지만 배고픔은 면할 수 있었다.

12시간의 비행 끝에 도착한 아디스아바바에서는 기름진 찜찜한 머리카락과 찝찝한 구강상태를 제외하면 상당히 괜찮은 기분이었다. 이 정도면 장거리 비행도 할 만하다 싶었다. 아디스아바바에서 아비장(Abidjan)까지는 약 5시간이니 거의 다 온 셈이 아닌가. 그러나 비극은 바로 이때부터 시작되었다. 두통으로 시작한 비극은 결국 구토로 이어져 화장실로 세 번이나 뛰어가 먹은 것을 다 게워 내게 했다. 그제야 이 긴 비행이 내 고단한 여정의 시작같이 느껴졌다.

구토가 지나간 후 비로소 속이 좀 편해졌지만 뭘 먹을 자신은 없었다. 금붕어처럼 물만 몇 잔 마시고 기절하듯 졸다 보니 머지않아 아비장에 도착했다. 하강을 시작한 비행기 안에서 유리창 너머로 보이는 코트디부아르의 벌판을 바라보며 앞으로 나에게 어떤 어려움들이 닥칠까 상상했다.

내가 이곳에 적응해서 잘 지낼 수 있을까? 부패경찰에게 돈을 뜯기지도 않고, 말라리아에 걸리지 않고, 때워 놓은 이가 떨어졌는데도 위생상태를 믿을 수 없어 치과를 못 가거나, 위험한 상황에 처해 택시에서 낙법으로 뛰쳐나와 도망갈 일은 없을까?

첫 번째 관문은 바로 저명한 아비장 공항 세관을 통과하는 일이다. 미리 조사를 해보니 공항 세관에서 돈을 뜯겼다는 사람들의 일화가 많았다. 부패한 세관과 말도 안 통하고, 그저 좀 깎아 달라며 사정이나 할 수밖에 없었다는 것이다. 이럴 경우를 대비하여 한 지인은 내게 세관 직원이 다른 사람을 잡아서 정신없을 때를 노려 재빠르게 도망 나가라고 조언해 주었다. 한참을 살피는데 다른 여행객들은 아무런 제재 없이 유유히 공항을 빠져나가는 것이 아닌가. 나도 괜찮겠지 하며 슬쩍 발을 떼는 순간, 아뿔싸! 유니폼도 아닌 평상복을 입은 세관 직원이 나를 가로막았다. 그녀는 아주 차분하고 기계적으로 내 가방에 먹을 게 있는지 물었다. 직접 보지는 못했지만 아마 내 얼굴은 이미 탈탈 털린 그런 표정이었을 것이고 그녀는 나 같은 외국인을 하루에도 수백 명은 상대해 봤으리라.

프로 앞에 어떤 아마추어가 당해낼 재간이 있

으랴. 어차피 이렇게 될 것을 맘 편하게 몇 푼 쥐여주면 될 텐데 난 왜 그렇게 안 당하는 방법을 연구하며 스트레스를 받았을까? 애초에 단호하고 결단력 있는 성격도 아니며 남이 부탁하는 것도 잘 거절 못하지 않던가. 결국 가방을 열라고 지시한 세관 직원의 명령에 고분고분 따라서 뒷방으로 끌려갔다. 취조실 역할을 하는 곳 같았다. 거기엔 다른 남자 직원이 있었는데, 내 가방에 있는 라면과 짜파게티를 가리키며 세관 신청서를 작성해야 한다며 따졌다. 그냥 벌금을 내라고 하면 될 것을. 이런저런 종이서류를 들이밀면서 적법성을 필요 이상으로 설명하는 그의 모습이 되레 이 모든 게 사기임을 확신하게 했다. 정말 라면 몇 개 들여오는 것조차 불법이라면 굳이 이렇게까지 열성적으로 구차한 설명을 덧붙일 필요가 있을까.

그러나 20시간에 걸친 비행은 너무나 고단했고, 그나마 먹은 것을 다 토해낸 나는 저항할 의지도 기운도 없었다. 거의 하루 종일 아무것도 못 먹은 셈이었다. 가공식품까지 세관 신청을 해야 하냐며 소심하게 항의해 보았지만 그게 다였다. 이제 내가 원하는 것은 어서 숙소에서 샤워를 하고 침대에 기어들어 가고 싶은 마음뿐이었다. 자포자기한 나는 그의 요구대로 순순히 여권을 꺼냈다. 세관 직원은 내 여권을 펼치더니 "한국인이네?" 혼자 중얼거리더니 별안간 한국이랑 코트디부아르가 친구라며 환대모드로 급변했다. 한국을 엄청 좋아한다며 자기 전화번호를 쪽지에 적어 건네주기까지 했다. 나는 취조실에서 순순히 풀려났다.

돈을 뜯기지 않아서 기뻤지만 전화번호를 받은 걸 더 기분 나빠해야 할 상황인지 잘 구분이 되지 않았다. 풀어 헤친 가방을 주섬주섬 챙기는 챙기는데 다른 동양인 남자가 잡혀서 취조실로 들어오고 있었다. 아마도 불어 실력 부족으로 항의를 잘하지 못하는 동양인들을 쉬운 목표물로 골라내 돈을 뜯는 것 같았다.

공항을 빠져나오자 두 번째 관문이 기다리고 있었다. 코트라(KOTRA)에서 발간한 『국가정보 코트디부아르』에 따르면 아비장 공항의 유일한 교통수단은 택시다. 그리고 택시는 현금만 받는다. 내가 가진 미국 달러를 현지 통화인 세파프랑(CFA)으로 환전해야 하는데, 그때도 그냥 주는 대로 받으면 안 되고 흥정을 해야 한단다. 마침 공항 도착 층에 바로 환전소가 보였다. "환전……?" 말을 끝마치기도 전에 나는 환전꾼에게 납치되듯 끌려가서 백 불을 환전받았다. 내 앞에 끌려 온 남자는 이거밖에 안 주냐며 투정을 부렸지만 당연히 이의는 수용되지 않았다. 영수증도 받지 못했다. 뭔가 기분이 찜찜하지만 하여간 환전도 마쳤다. 덕분에 한동안 굶어 죽지는 않을 테지. 나중에 알게 된 거지만 그나마 공항에서의 환율이 가장 좋은 편이라고 한다.

공항 문을 나오자 덥고 습한 공기가 가뜩이나 기름진 머리를 휘감았다. 온도는 그리 높지 않았지만 습한 공기와 매연 때문에 답답하고 매캐하게 느껴졌다. 승강장에 있던 택시기사들은 커다란 짐 가방을 두 개나 바리바리 든 나를 보자마자 자기 쪽으로 오라며 손을 흔들고 난리가 났다. 코트라 국가정보에 따르면 공항에서 내가 묵을 숙소까지는 대략 5천 세파프랑(1만 원가량)의 택시비가 나온다. 택시기사는 인상을 잔뜩 찌푸린 채 나를 훑어보더니 8천 프랑을 불렀다. "아니야! 나는 5천 프랑을 낼 거야!" 소심하게 5천 프랑을 주장했지만 이미 다른 기사들이 내 가방을 트렁크에 싣고 있었다. 손님이 협상을 제대로 못 하게 하는 데 상당히 효율적인 시스템이 아닐 수 없었다.

택시에 올라탔다. 30년은 족히 되었을 택시는 당연히 에어컨이 망가져 있었다. 창문을 수동으로 올렸다 내리는 닭다리 모양 손잡이도 망가져서 덥고 습한 바람을 온 얼굴로 맞으며 공항도로를 달렸다. 빈속이지만 긴장한 탓인지 배가 고프지 않았다. 나는 구글맵을 보며 기사가 맞는 방향으로 가는지 재차 확인했다. 택시기사는 두 번인가 굳이 안 들어가도 될 뒷골목으로 들어가서 빙글빙글 돌다가 큰길로 다시 나오기를 반복했다. 자기가 8천 프랑에 바가지 씌운 게 민망하긴 했나 보다. 목적지에 다다라 정확히 8천 프랑이 없었던 나는 1만 프랑을 건넸고 그는 돈을 손에 쥐자 조커 같은 웃음을 지으며 대답했다.

"네가 나 1만 프랑 준 거다?"

거스름돈을 챙긴 그는 비열한 웃음소리를 남긴 채 사라져 버렸다.

20시간의 비행, 환승, 세관, 환전, 택시까지…… 왠지 운이 좋은 듯했지만 운이 없었던 하루, 드디어 코트디부아르 아비장에 도착했다. 숙박공유플랫폼을 통해 예약한 한 달간 임시로 머물 숙소로 들어가는 일은 크게 어렵지 않았다. 숙소 바로 옆에 이탈리아 대사관이 있어 안전한 동네라는 느낌을 받았다. 그곳에 상주하는 건물관리인이 집주인과 통화를 한 후 나를 방에 들여보내 줬다. 원룸은 한 달에 150만 원가량을 줬는데 짐작한 대로 현지 시세의 두 배 가격이었다.

괜찮아. 처음엔 다 그런 거니까. 여긴 아프리카니까(This is Africa).

내가 왜 여기 코트디부아르까지 왔는지

관료주의, 체면 차리기라는 거짓 신을 모시는 사회를 떠나다

내 속엔 화뿐이었다. 몸은 힘들다고 비명을 질렀다. 지난 2년간의 내 속을 들여다보니 온통 까맣고 빨갛고 얼룩덜룩 찢어져 있었다. 억울하고 울분이 났다. 생각할수록 스스로가 못나 보이고 바보 같아 보였다. 직장이라는 곳이, 한국사회라는 곳이 나의 자존감과 존엄성을 있는 대로 무너뜨리고 짓밟았다. 자존감과 존엄성이 무너진 나는 아무것도 아니었다.

그 많은 시간 건강을 상해 가며 야근을 했고 주말에 일했으며 추석에도 사무실에 나왔다. 내가 일하는 이 직장이 조금이라도 나은 곳이 되었으면 하는 바람에, 원래 내 업무도 아니었던 일들을 새롭게 만들어 냈다. 스트레스로 온몸에 붉은 두드러기가 나고 손이 슈렉처럼 부풀어 올랐던 날도 있었다. 손이 그렇게 부풀어 오른 건 처음 본 터라, 이상한 전염병이라도 걸린 줄 알았다. 남자 친구가 병원까지 데려다주는데 혹시라도 전염병이 옮을까 봐 손도 잡지 않았다. 내가 서른 번째 생일을 맞던 날이었다.

"알레르기네요."

"네? 전 한 번도 알레르기가 있었던 적이 없는데요?"

"갑자기 큰 스트레스를 받으면서 면역력이 떨어진 상태에서 특정 음식을 먹으면 이런 반응이 일어날 수 있어요. 최근에 먹은 음식 어떤 게 있는지 다 한번 말해 보세요. 그 원인을 꼭 알아야 해요."

"글쎄요. 그냥… 연어덮밥이랑 피자랑…."

"그런 건 알레르기가 일어날 리가 없는데… 다른 건 또 없어요?"

"진한 생강차를 두 잔 마셨는데…."

"그거일 가능성이 가장 높네요. 생강."

평생 김치, 생강을 곁들인 초밥을 먹었는데 아무렇지 않았다. 그런데 생강차로 알레르기라니… 온몸이 아토피처럼 시뻘겋게 울긋불긋 달아올랐다. 얼마나 가려운지 겨울이지만 도저히 니트류를 입을 수 없었다. 약사는 알레르기 반응을 악화시킬 수 있는 단백질 음식도 최대한 피하라고 조언했다. 이렇게 아예 만성 아토피가 되는 건 아닌지 두려웠다. 내 전임자도 아토피로 건강이 나빠져 퇴사했다고 들었다. 인수인계를 받기 위해 잠시 만난 그녀는 팔이며 다리며 여기저기 밴드를 붙이고 있었다. 밴드를 못 붙인 곳에 붉은 상처 자국들이 선명했다. 그녀도 처음 스트레스로 시작되었던 알레르기가 재발하면서 만성 아토피가 되었다고 했다.

치질 수술도 두 번 받았다. 첫 번째 수술은 전 직장에서 '그 일'이 끝난 직후였다. 대통령이 우리 기관을 방문하는데 외국인들 옆에 앉아 대통령이 하는 말을 불어로 통역해야 했다. 영어도 아니고 겨우 먹고살 정도로만 하는 불어 통역을 그것도 대통령과의 오찬 자리에서 하라니. 일이 끝나고 일주일 만에 통증이 너무 심해져서 수술을 받았다. 두 번째 수술은 이 직장에서였는데, 매년 새해 초 새로운 상사에게 새롭게 적응해야 했다. 이 과정이 차마 말로 설명할 수 없는 심한 스트레스였다. 수술을 받고 병원에 누워 있는데 눈물이 쏙 나게 아프지만 회사에 있지 않은 게 그렇게 행복할 수가 없었다.

쓰러질 것 같은데 쓰러지지 않았다. 햇빛이 뜨겁고 더운 2018년의 어느 여름날이었다. 하지만 더운 날씨를 고려하더라도 너무 어지럽고 몽롱했다. 당장 필름이 끊어져 쓰러질 것 같은데 이상하게도 쓰러지지 않았다. 그 맛난 아란치니를 먹어도, 커피를 연거푸 마셔봐도 몽롱한 상태는 전혀 나아지지 않았다. 그 상태가 며칠을 가 도대체 이게 무슨 병인가 싶어 검색을 해 보았더니 일단 그럴듯한 병명은 빈혈, 갑상샘, 간 피로 따위가 있었다. 엄마와 할머니도 갑상샘 수술을 받았으니 혹시나 싶어 내과에서 피검사를 받았다. 빈혈일 수도 있으니 철분제도 사 먹었다. 철분제가 그렇게 비싼 걸 처음 알았다.

"빈혈도 아니고 갑상샘도 아닙니다."

"네? 그럼 뭘까요?"

며칠 만에 나온 피검사는 나더러 아무것도 아니라 한다. 빈혈이라도 걸렸으면 약한 척 회사라도 좀 빼먹으려 했더니 그것도 아니다? 왜 이렇게 어지럽고 몽롱한지 알 길이 없으니 답답했다. 그냥 스트레스려니 하며 쉬는 방법밖에는 없었다. 병명은 알 수 없지만, 한 가지 아는 게 있었다. 나는 스트레스를 제대로 견디지 못하고 있었다. 몸이 말해 주고 있었다.

참기 힘든 것은 다른 철학을 가진 직장에 나를 끼워 맞추는 것이었다. 오랫동안 네모로만 살아 온 상사에게 원뿔인 나는 정말 이상한 도형이었다. 내가 매일 반복적으로 듣는 말은 "너는 왜 원뿔이니? 너무 뾰족하지 않냐?"였다. 그 말을 해석해 보면 나는 싹수없고 개념 없는 요즘 젊은 것이다. 내가 네모가 아닌 이유는 다양했다. 나는 아침에 상사보다 늦게 출근하며 저녁에 일찍 퇴근하고, 회식에서 상석에 먼저 앉고, 주말 출근을 안 하고, 점심을 먹고 왔다는 이유로 상사와의 점심을 거부하고, 주말에 문 닫은 인쇄업자를 재촉하여 보고서를 찍어 내지 않았다는 이유로 무능력하고, 직장생활이라고는 낫 놓고 기역 자도 모르는 외국에서 살다 온 개인주의자였기 때문이다.

그래. 그럼 내 행동을 모두 반대로 하면 나는 유능한 네모가 될 수 있다. 나는 유능한 직장인이 되기 위해 주말에 쉬는 인쇄업자를 압박하여 보고서를 찍어 내고, 상사보다 먼저 출근하고 늦게 퇴근하며, 점심을 이미 먹었더라도 상사가 원한다면 군말 없이 또 밥을 먹고, 일이 없어도 주말에 출근해 망부석처럼 자리를 지키고, 상사의 말에 토 달지 않고 기분 나빠도 티를 내지 않고 속없는 사람처럼 빵긋빵긋 웃어 주며, 식사자리에서 재빨리 상석을 계산하여 직급별로 앉도록 안내하고, 개인의 일과 사랑은 내팽개치고 직장과 상사의 안위를 위해 일하면 되는 거였다. 그리 어려운 일도 아니다!

세상에 이렇게 욕먹을 일이 많았던가? 참 이상했다. 그 오랜 시간 초중고, 대학교, 대학원을 다니면서 공부를 했다. 독립적인 자아로 성장하고 사회에 도움이 되는 사람이 되기 위해서 말이다. 그런데 여태껏 그 누구도 사회가 이런 곳이라고 알려 주지 않았다. 아무도 말이다. 훌륭한 네모가 되기 위해서 어떻게 해야 하는지 학교에서도 부모님도 친구들도 누구 하나 알려 준 사람이 없었다. 책에서 배운 도덕과 윤리와 상식은 이곳에서 아무런 쓸모가 없었다. 사회는 그런 책에 적힌 가치가 중요시되는 곳이 아니었다. 이제껏 내가 듣도 보도 못한 사이비 신을 절대 신마냥 모시고 있었다. 아니면 내가 이상한 원뿔 신을 모시고 있는 거든지.

밤에 침대에 눕기만 하면 화가 났다. 그렇게 나는 화가 많은 사람이 되어 있었다. 그저 긍정적이고 밝게 사는 게 인생의 목표였는데. 뜬눈으로 뒤척이다가 잠이 오지 않아서 차마 따박따박 내뱉지 못한 말대답을 일기장에 적어 내려갔다. 할 말이 없어서 또는 잘못했다고 생각해서 가만히 입 다물고 고개 숙인 채 죄인처럼 있던 건 아니었다. 하고 싶은 말을 그렇게라도 쏟아 내지 않으면 속이 고장 나 버릴 것 같아 일기에 화풀이를 해 댔다. 일기장은 상사가 내게 던지고 간 끔찍한 말들을 받아 냈다. 내가 많은 것을 바라는 걸까? 난 그저 내가 먹고 싶을 때 먹고, 먹고 싶지 않으면 안 먹는, 웃고 싶으면 웃고, 웃고 싶지 않으면 웃지 않기를 바랐다. 그냥 그런 거였다.

"이 직장에 아직 미련이 남은 거야?"

퇴사를 결정하고도 마음이 흔들리던 와중에 친구가 던진 이 질문은 9회 말 끝내기 홈런이었다.

계약직 노예에서 정규직 노예로 신분 상승하여 삶을 바치고 싶지 않았다. 이 사이비 종교에 헌신하며 중요하지도 않은 의전, 관료주의, 체면 차리기라는 신을 모시며 살지 않겠다고 다짐했다. 세상엔 더 중요한 가치들이 얼마나 많은가? 나는 누군가에게 도움이 되는 의미 있는 삶을 살고 싶었다. 이런 사이비 종교에 시간을 낭비하고 싶지 않았다. 훌륭한 네모 따위는 처음부터 되고 싶지 않았다. 떠나는 마음은 편하지 않았고 미련이 하나도 없는 건 아니었지만, 이 다짐만은 진심이었다. 이곳에서 살아남아 결국 네모가 되어 있을 내 모습을 상상하고 싶지 않다. 코트디부아르로 떠나기 석 달 전이었다.

"아프리카?"

정착할 듯하더니 또 떠난다는 내가 가는 곳이 코트디부아르라는 걸 알게 되었을 때 한결같은 주변 반응이었다. 부모님도 결사반대를 외쳤다. 직장동료들도 조금 더 버텨 보라고 만류했다. 다른 직장을 소개해 준다며 굳이 아프리카를 가느냐고 말렸다. 3년 전에도 한국을 떠나 개발도상국에서 일하겠다 부모님께 넌지시 이야기했다가 아니나 다를까 격한 반대로 접은 적이 있었다. 당시엔 아프리카로 가고 싶다는 막연한 희망만 있었을 뿐 굳은 의지까진 아니었다. 실행에 옮기고자 하는 결심만 섰다면 반대 따위 큰 장벽은 아니었으리라. 하지만 이번엔 달랐다. 결정은 내렸고 내 마음은 이미 코트디부아르에 도착해 있었다.

2018년 유독 더웠던 한국의 찌는 여름, 에어컨이 없는 꼭대기 층 아파트. 스카이프로 면접을 보려니 도저히 집중할 수 없어 집 근처 모텔에 방을 하나 잡았다. 에어컨 덕분에 기운을 차려서 면접을 어찌어찌 치러냈고, 서아프리카에 위치한 작은 나라 코트디부아르 유엔환경프로그램(UNEP)에서 합격소식을 받았다. 가고 싶었던 불어권 아프리카 지역이고, 더 하고 싶었던 환경 일이니 더할 나위 없는 기회였다.

놀랍게도 기쁨은 잠시였다. 보안 및 안전에 관한 온라인 교육과 건강검진을 받으며 떠날 채비를 하는 동안 처음엔 콩알처럼 조그마하던 두려움이 새록새록 자라났다. 그렇게 가고 싶었는데 막상 떠나려니 두려웠다. 사실 나는 아프리카에 가고 싶었던 게 아니라 단순히 한국 직장에 염증을 느끼고 도망가고 싶었던 게 아닐까?

"나 진짜 아프리카 가는 게 맞을까? 괜한 짓 하는 건 아닐까? 사실 도망가는 것 아닐까?"

"무슨 소리야, 그렇게 가고 싶다며 네가! 아프리카, 아프리카 노래를 불렀잖아!"

친구들에게 고민을 꺼내니 나의 결정을 되새겨 주었다. 친구의 짧고 단호한 외침에 문뜩 정신을 차렸다. 맞아 그랬었다. 내가 그렇게 아프리카, 아프리카 노래를 불렀었다. 나보다 날 더 잘 아는 친구들이 있어 천만다행이다.

블로그를 뒤지다가 아비장에 위치한 아프리카개발은행(AfDB)에서 인턴십을 마치고 귀국한 학생과 연락이 닿았다. 한국개발연구원(KDI)에서 석사과정 중인 그가 세종시에 있다기에 찾아갔다. 그는 아비장의 생활, 환전, 치안, 집 구하기 등등 여러 궁금했던 점들을 시원하게 해소해 주었고, 아직 아비장에 있는 지인도 소개해 주었다. 궁금하던 것들이 풀리니 걱정이 부쩍 수그러들었다.

다행히 시작도 하기 전에 포기하지 않았고, 나는 무사히 아비장행 비행기에 몸을 실을 수 있었다.

어른의 장래희망

어른이 되어서도 진로 찾기는 쭉 계속된다

"카드론과 주식은 하지 말 것"이라고 조언해 주셨던 학부 시절 교수님은 꿈에 대해서도 현실적이셨다. 4년 동안 스펙이나 학점을 쌓는 것보다도 진짜 하고 싶은 일을 찾는다면 성공한 대학 생활이라고. 난 대체 뭐가 되고 싶은 걸까? 그냥 아무 생각 없이 중구난방 살고 있는 걸까? 대학생이라면 적어도 어떤 분야에서 어떤 일을 하고 싶은지 정도는 깨달았을 줄 알았다.

대학생활을 되짚어 보면 나는 대부분의 시간을 동아리 활동에 썼다. 언덕 위에 위치한 학교 중앙도서관에는 거의 발 들인 적이 없었다. 자격증이라고는 운전면허증이 다였고 학점도 평범했다. 그나마 외국어 공부를 즐겨서 영어와 불어 시험 점수가 좋았을 뿐이다. 스펙 쌓기보다 나를 즐겁게 했던 건 "이면지를 어떻게 하면 효과적으로 재활용할 수 있을까" 또는 "공정무역으로 생산된 커피를 소비자들에게 어떻게 알릴까" 따위를 고민하는 거였다. 가장 좋아하는 영화는 〈호텔 르완다(Hotel Rwanda)〉. 1994년 제노사이드(인종학살)가 일어난 르완다에서 한 호텔 지배인이 천 명이 넘는 난민을 구한 실화 배경의 영화였다. 대학생이 되어서도 아직 장래희망을 탐구 중인 내가 뭐가 될지 알 수 없었지만 한 가지는 분명했다. 적어도 돈을 버는 데는 관심이 없다는 거다.

"돈이 세상 대부분의 문제를 해결하는 거라구. 따로 문제 해결을 할 필요가 없다니까?"

나와는 정반대로 돈 버는 일에만 관심 있는 남동생의 조언이었다. 그래, 그 말도 틀린 건 아니다. 그렇지만 돈을 위해 일할 생각을 하면 가슴이 답답해졌다. 취업준비 당시에는 이런 마음을 깨치지 못하고 그저 취업이란 목표에 정신을 빼앗겨 많은 시간을 대기업에 지원서를 쓰면서 낭비했다.

재미있게도 선택의 순간이 다가오자 결정은 어렵지 않았다. 최종 면접을 남겨 둔 대기업 정규직 자리와 아프리카 개발원조 일을 하는 정부기관 계약직 합격 소식 사이에서 나는 큰 고민 없이 후자를 선택했다. 대기업 최종 면접에는 아예 가지도 않았다. 그냥 아프리카와 관련된 일을 하고 싶었다. 계약직인 것 따위는 상관이 없었다.

그렇게 정부공여기관에서 계약직으로 에티오피아 농민들을 위한 훈련학교를 설립하는 프로젝트에 참여했다. 에티오피아에 일주일간 출장도 다녀왔다. 소 항문에 팔을 집어넣어 임신여부를 확인하는 법부터 인공수정을 하는 실험까지 새로운 것들을 접하며 개발협력의 실무를 익혔다. 난 열정이 넘쳤고 다행히 일을 곧잘 한다는 이야기도 들었다. 상사가 시키지 않아도 혼자 "아, 이런 프로젝트를 한다면 현지 사람들에게 엄청 도움이 될 텐데!" 하며 상상의 나래를 펼쳤다. 실무는 재미있고 의미 있는 일이긴 했지만 단 한 가지 아쉬운 것은 계약직이라는 특성상 나에게 주어진 권한이 매우 적었다는 것이다. 사회에 막 발을 디딘 나는 그제서야 계약직에게는 아무런 책임도 권한도 주어

지지 않는다는 것을 배웠다. 그 직장에서 결국 1년 반도 버티지 못했다.

퇴사 무렵 개발학을 전문적으로 공부하는 프랑스 파리의 대학원에 합격했다. 개발학은 과거 식민지가 많았던 유럽에서 발달하여 이 분야 사람들은 대부분 영국이나 프랑스로 유학을 간다. 그간의 실무경험을 이야기식으로 담아 낸 지원서가 긍정적인 평가를 받았는지 짧은 불어로 운 좋게 파리에 위치한 학교에 합격은 했지만 문제는 그다음이었다. 불어로 수업을 듣고 과제를 하고 논문도 써야 하는데 나는 그럴 자신이 없었다. 그 정도 자신도 없으면서 애초에 왜 지원을 했는지 이해가 안 될 정도였다. 대학원을 핑계로 신나게 일도 때려치웠는데…. 누군가 할까 말까 고민이 되면 하지 말고, 갈까 말까 고민이 되면 가라고 했던 말이 생각났다. 이건 공부를 하고, 파리로 가는 건데. 어떡하지?

“공부하다가 힘들면 언제든 다시 돌아와도 돼. 대학원 못 끝내도 괜찮아.”

고민을 눈치챈 엄마의 조언에 울컥 눈물이 났다. 도전도 좋지만 겁이 났다. 결국 파리 유학을 포기했다. 우린 유학 포기를 자축하며 싱가포르로 일주일간 여행을 다녀왔다. 그렇게 현실로 돌아오니 난 다시 취업 전선에 선 이등병이었다. 여자가 스물여섯 살이 넘으면 취업에 불리하다는 소문은 사실이었던 걸까? 졸업 당시와는 서류 합격률부터 현격히 차이가 났다. 여기저기 두서없이 이력서만 많이 내는 대책 없는 취업준비 생활을 하다 보니 긴 방황이 이어졌다. 나는 국내에서라도 대학원에 진학하고 싶었고, 취업준비 생활을 매일 눈물로 보내던 나를 보다 못해 부모님도 자포자기 심정으로 동의해 주셨다. 그렇게 나는 먼 길을 돌아 다시 국내 대학원에 입학했다. 포기에 포기. 그리고 포기를 거듭하던, 한국 나이 스물아홉 살이 되던 해였다.

개발학은 경제학, 정치학, 인류학과 사회학을 전반적으로 아우르며 개발도상국의 포용적이고 지속가능한 발전 방안을 연구하는 학문이다. 개발학에서는 크게 정량적인 경제 발전을 성장(growth)으로, 사회 여러 분야가 함께 발전하는 것을 개발(development)이라고 정의한다. 따라서 개발은 빈곤, 불평등, 기후변화, 거버넌스, 도시화,

보건, 교육, 성평등 등 다양한 분야를 다룬다. 같은 개발학을 공부했더라도 세부 분야에 따라 전공에 큰 차이가 난다. 늦게 다시 시작했으나 다행히도 공부가 너무 재미있었다. 살면서 처음으로 공부가 재미있다, 이렇게 공부하는 거구나 느꼈다. 틀에 박힌 객관식 문제를 푸는 것이 아니라 개발도상국의 사회문제에 대해 고민하는 논문을 쓰는 게 이렇게 즐거운 일일 수가 없었다. 3학기에는 환경부의 지원으로 독일에 위치한 유엔기구에서 인턴을 하며 개발도상국의 물 관리 거버넌스에 관한 논문을 쓰기 시작했다. 그 당시 논문에 얼마나 빠져 있었는지 패션잡지를 읽는 것보다 논문을 보는 게 더 재미있을 정도였다. 내 인생에서 쇼핑보다 공부가 더 재미있던 몇 안 되는 순간이었다.

반면 '대학원생'이란 신분은 취업 포기자나 실패자 같은 단어와 동의어로 인식되기도 했다. "우리 쪽에서는 대학원 다니면 그냥 취업 못 해서 그렇구나 해."와 같이 지인들이 별생각 없이 던진 말이 가슴에 상처가 되기도 했다. 하지만 단지 대학원 공부를 조금 더 일찍 시작했으면 좋았겠다는 후회를 제외하면 서른 살이 되어서야 뒤늦게 공부에 재미 들린 의미 있는 시간이었다. 졸업을 하고 난 '서른하나 여성 석사학위 소지 취준생'이 되었다. 불안함의 정점을 찍는 아주 달콤한 단어들의 조합이었다. 불안함을 즐기는 수밖에 없었다. 하지만 소득이 없는 것도 아니었다. 그때 교수님이 해 주신 조언이 생각났다. 대학에 다니는 동안 하고 싶은 일을 찾으면 성공한 대학생활이라고. 나의 경우는 20대 전체가 장래희망을 찾아가는 포기의 연속이었다. 아니 어쩌면 포기보다는 선택이라는 단어가 더 적절할지도 모른다. 어른이 되어서도 장래희망 찾기 프로젝트는 쭉 계속되고 있었다.

아시아인이 아프리카에서 일한다는 것

이방인이 아니라 친구로

출근 첫날, 혼자 택시를 타고 구글지도의 안내를 받아 UNEP 서아프리카 사무소 앞에 도착했다. 역시나 흥정에 실패해 바가지를 쓴 것 같았지만 아직 외지인인 내게 선택권은 없다. 그러나 모로코도 겁이 나 인턴 면접조차 포기했던 때를 생각하면 코트디부아르에서 혼자 출근까지 해내다니 대견해할 만한 일이다. 나를 처음 본 사무실 경비는 건물 로비에서 상사를 기다리도록 배려해 주었다. 솔직히 말하자면 사무실의 첫인상은 썩 좋지 않았다. 빛이 잘 들지 않는 어두컴컴한 복도와 사무실, 망가져서 다 떨어진 블라인드, 바퀴벌레

한 마리 없는 텅 빈 로비…. 유엔기구 사무실이라기엔 상당히 열악한 모습이었다.

곧 운전기사와 함께 사무실에 도착한 상사 앙젤은 나를 보더니 "아니, 혼자서 여기까지 찾아온 거야?"라고 놀라며 신기해했다. 나중에 알고 보니 코트디부아르에 처음 도착하는 외국인치고 나처럼 혼자 입국하는 사람은 아무도 없었다. 보통 사무실에서 누군가를 공항으로 보내 입국이나 세관 절차 따위를 도와주고 숙소로 바래다주곤 했다. 나도 도움을 요청했더라면 도움을 받을 수 있었을 텐데 너무 혼자 다 해결하려고 용을 썼던 것 같다.

앙젤은 나를 건물 지하 가장 구석에 있는 작은 방으로 안내했다. 앞으로 코트디부아르 생활을 함께할 내 작은 사무실이었다. 책상 하나, 책장 하나, 의자 하나가 전부인 사무실은 어둡고 음습한 느낌이 들었다. 우리 건물에는 따로 식당이 없어 앙젤이 한 청소직원에게 심부름을 시켜 근처 레스토랑에서 내 점심을 사 오도록 했다. 그녀는 나의 지하 셋방 사무실에 점심도시락을 건네고는 홀연히 사라졌다. 어두컴컴함에 점심을 곁들여 먹으면서 되뇌었다.

'음. 혼자 먹는 점심을 항상 바라 왔지만 이런 방법이라니 색다르군.'

사무실이 큰길에서 조금 떨어진 곳에 위치한 탓인지 퇴근 길에는 아무리 기다려도 택시가 오지 않았다. 터덜터덜 걸어 큰길로 나가고 있는데, 같은 방향으로 향하던 행인이 말을 걸어 왔다. 적어도 오십 대 후반은 되어 보이는 중년의 코트디부아르 남자였다. 그는 내게 택시 타러 가냐 어디로 가냐 꼬치꼬치 물었다. 그는 택시를 같이 타고 싶다는 뉘앙스를 풍겼고 아직 강인한 전사로 거듭나지 못했던 나는 단호하게 거절하지 못했다. 운 좋게 마침 지나가던 택시가 잡히자 그는 자연스럽게 앞 좌석에 동승했고 내게 백 원 한 푼 주지 않고 콧노래를 흥얼거리며 먼저 택시에서 내렸다. 썩 기분 좋은 경험은 아니었지만 적어도 별일은 없이 지나갔으니 다행이라고 위로했다.

다음 날이었다. 경비실에 근무하는 소로 씨가 내 사무실로 전화했다. 어떤 남자가 경비실에 있는데 나를 찾아왔단다. 아무리 머리를 굴려도 날 찾아올 만한 사람이 없었다. 소로 씨는 이 남자가 전날 택시도 같이 탔고 심지어 나와 사랑하는 사이라며 헛소리를 한다고 했다. 그제서야 퍼뜩 그가 누구인지 알 수 있었고 나는 소로 씨에게 그의 방문을 거절해 달라고 정중히 부탁했다. 다행히도 다시 그를 마주친 일은 없다. 하지만 그 후로도 행인이나 택시기사에게서 너처럼 피부가 하얀 사람과 아이를 만들고 싶다는 성희롱성 발언을 어지간히 자주 들어야 했다. 다행히 그런 말에 금방 굳은살이 생겼다.

아비장 근무 첫해에는 사무실에 무선인터넷이 되지 않았다. 심지어 랜선 인터넷도 느려 터져서 내가 용량이 큰 문서나 비디오 파일을 다운받노라면 다른 직원들의 인터넷이 멈춰 버렸다. IT 담당 직원인 아리엘이 여기저기 사무실을 돌며 "누가 큰 파일 다운받는 거야?" 범인을 색출하러 다녔다. 물론 아리엘이 대부분의 경우 범인이 나라는 걸 인지하는 데는 오랜 시간이 걸리지 않았다. 다른 유엔기구 사무실을 방문해 봐도 이 정도로 열악한 곳은 없었다. 다른 유엔기구에서도 여러 번 근무해 본 컨설턴트들도 이렇게 환경이 나쁜 곳은 처음이라고 혀를 찼다. UNEP, 특히 아프리카 사무소의 열악한 재정 상황은 이 사무실에 그대로 반영되어 있었다. UNEP는 유니세프, 유엔난민기구(UNHCR) 같은 유엔기구와는 달리 개인 후원을 받을 수 없는 조직으로, 거의 회원국의 기여금으로 운영된다. 현장 중심의 프로젝트 수도 상대적으로 적으니 자원 조달에 많은 어려움을 겪고 있다.

UNEP는 전 세계 직원을 다 합쳐도 천여 명 정도로 여러 유엔기구 중에서도 규모가 작은 편이다. 비슷한 업무를 수행하는 유엔개발계획(UNDP), 식량농업기구(FAO), 세계식량기구(WFP) 같은 기구와 달리 국가 사무소가 거의 없어 현장에 주둔하는 인력이 매우 적다. UNEP는 환경과학에 기반한 보고서를 작성하여 현황을 파악하고 정책제언 업무를 주로 한다. 내가 파견 간 서아프리카 사무소는 아프리카에 생긴 첫 지역사무소로서, 이는 서아프리카의 지역적 특색을 반영한 환경문제에 대응하고자 하는 UNEP의 강한 의지를 보여 준다. 아프리카 대륙에서도 서아프리카는 독특한 특성이 있다. 불어를 사용하는 언어적 특성, 서아프리카공동체(ECOWAS)를 중심으로 화폐가 통용되고 과거 프랑스 식민지로서 프랑스에 의존적인 경제 등 다른 지역과는 확연히 구별된다. 환경문제에서도 기후변화, 사하라 사막의 확대, 코코아 플랜테이션(농장), 금, 다이아몬드 등 광업으로 인한 환경파괴와 열대우림 감소, 그로 인한 이민과 일자리 등 지역적으로 대응해야 할 문제가 산적해 있다.

내가 맡은 업무는 서아프리카 지역의 기후변화 적응에 관한 프로젝트를 관리하고 지원하는 일이었다. 내가 속한 사무소는 ECOWAS의 회원국, 유엔 및 개발공여 기관과의 협력을 강화하기 위한 네트워크 확대 전략을 세우고 실행하는 일을 했다. 대부분 불어를 사용하는 서아프리카의 특성상 많은 문서들이 불어와 영어가 혼재되어 있어 초기에는 업무를 익히는 데 진척이 매우 느렸다. 회의도 보통 불어로 진행되었고 일상생활에서도 한국 친구들을 만날 때를 제외하면 대부분 불어만 사용했다.

낡은 불어 실력을 가다듬는 것부터 낯선 아비장 생활에 적응하고 업무를 익히는 첫 일 년은 그야말로 대혼돈기였다. 특히나 국가사무소가 아닌

지역사무소의 특성상 내가 잘 알지 못하는 세네갈, 감비아, 말리 같은 다른 서아프리카 나라의 유엔기구 합동회의에 참가하면 아무리 배경지식을 열심히 공부한다고 해도 의미 있는 기여를 하기는 쉽지 않았다.

나는 이곳에서 완전한 이방인이었다. 서아프리카 사람들은 프랑스를 비롯한 유럽인과 일하는 데 꽤나 익숙했다. 거의 백오십 년간 프랑스의 식민지였고 그 후 유럽에서 지속적으로 받아 온 원조 때문이다. 아프리카 국가를 재정적으로 또는 기술적으로 지원하는 이들은 대개 유럽 백인이었다. 한국 같은 아시아 국가에서 아프리카에 지원하는 공여금액은 규모가 아주 작으니 그들은 나 같은 아시아인을 공공분야에서 마주칠 일이 없었을 것이다. 이곳 환경부에서 개최하는 워크숍이나 회의에 가면 사람들은 나를 보고 보통 의아한 표정을 지었다. 그 물음표 가득한 표정을 마주하노라면 이방인인 나는 그들의 정책에 대해 왈가왈부할 자격이 없는 사람처럼 느껴졌다.

한편, 유엔환경을 대표하여 참석한 행사 자리에서 나는 무언가를 잘 아는 척 일장연설을 해야 하기도 했다. 유엔에서 나왔다고 하면 사람들은 으레 전문가라고 생각하고 내가 뭔가 대단한 조언을 남기길 기대하는 듯했다. 또는 사자나 숲을 구해야 한다며 돈을 달라고 다그치는 일도 흔했다. 준비하지 않은 연설이나 뉴스 인터뷰를 해야 할 때도 있었다.

물론 일 년여의 시간이 지나면서 나는 점점 나아졌다. 좌충우돌 부딪히며 일 년간 고생한 끝에 불어 실력이 많이 늘었고 환경부에 하나둘 아는 공무원도 생겼다. 한국 공여기관에 프로젝트 제안서도 제출하고 외교부에서 한국인 직원을 뽑도록 지원까지 받게 되었다. 이웃국가 가나와는 숲 재건 프로젝트를 기획하여 한 유엔 기금으로부터 재정지원을 받는 데 성공하기도 했다. 처음에는 어두컴컴하고 갑갑하게 느껴졌던 외딴 사무실에도 차츰 적응해 갔다. 빛도 인터넷도 제대로 들지 않는 가난한 사무실일지 몰라도 그 속에는 환경과 개발문제를 함께 해결하고자 노력하는 사람들의 열정이 가득했다. 가깝게는 니제르, 토고, 베냉, 카메룬에서 또 멀게는 프랑스, 벨기에, 이탈리아에서 온 동료들과 매일같이 관심분야에 대해 토

론하는 것은 내게는 그저 꿈 같은 일이었다.

처음 아비장에 도착했을 때의 나는 피부색과 머리카락이 다른 완전한 이방인이었다. 그렇지만 언제부터인가 동료들은 나를 동료가 아닌 가족으로, 이름이 아닌 '자매(sœur)'라고 부르기 시작했다. 어쩌면 조금은 인정받은 듯한, 그들의 친구 또는 일부 같은 것이 된 느낌이었다.

'드록바'의 나라, 코트디부아르

아프리카의 기적이 계속되길 바라며

사람들은 보통 아프리카나 코트디부아르에서 근무한다고 하면 "대단하시네요!"라는 말을 자주 한다. 대단하다는 말을 들었는데 이상하게도 기분이 썩 좋지 않았다. 이 표현에 "나는 당신처럼은 할 수 없다"는 의미가 알게 모르게 포함됐기 때문일까? 나는 코트디부아르에서 살고 일하는 것이 좋아서 스스로 선택했다. 굳이 대단하다는 말을 들을 이유가 없었다.

국제개발분야에서 일하다 보니 에티오피아, 나이지리아, 마다가스카르 등 더 열악한 국가에서 근무한 친구들은 "아비장? 좋은 곳에 있었네! 부럽다!" 이렇게 말한다. 한번은 세네갈의 수도 다카에서 근무 중인 전 직장동료와 잡담을 하는데 현대적인 쇼핑센터와 마트가 가득한 아비장을 매우 부러워했다.

"아! 드록바의 나라!" 때때로 코트디부아르를 안다는 이들의 반응이다. 축구를 좋아하는 친구들이다. 디디에 드록바는 코트디부아르 출신 축구선수로 2004~2011년 영국 축구클럽 첼시에 있는 동안 341경기 출전, 157득점을 기록하여 첼시가 네 번의 영국 프리미어리그 타이틀, 두 번의 리그 컵을 거머쥐는 데 가장 큰 공헌을 했다.

드록바는 아비장에서 태어나 유년 시절을 프랑스에서 보내며 축구선수로 성장했다. 하지만 그가 유명한 이유는 단지 실력 때문만은 아니다. 2006년 코트디부아르 내전이 한창이던 때 당시 드록바는 월드컵 본선진출을 준비하던 코트디부아르 국가대표팀을 이끌고 있었다. 그는 선수들이 경기에 집중할 수 있도록 내전을 멈춰 달라고 호소하며 카메라 앞에서 무릎을 꿇었다. 남과 북으로 나누어져 교전 중이던 코트디부아르에서 드록바의 인터뷰가 쉼 없이 텔레비전과 라디오를 통해 퍼져 나갔다. 이는 일반 시민뿐만 아니라 정치인들의 마음까지 움직였다. 마침내 두 진영이 협상테이블에 앉게 되었고 휴전에 합의했다. 이를 계기로 드록바는 세계에서 가장 유명한 축구선수일 뿐만 아니라 평화전도사, 평화대사라는 별명도 갖게 되었다.

1960년 프랑스로부터 독립한 코트디부아르는 세계적으로 보기 드문 고속 성장을 일궈 냈다. 초대 대통령인 펠릭스 우푸에부아니(Félix Houphouët-Boigny)의 리더십 아래 1960년부터 1980년 초반까지 커피, 코코아, 목재 수출로 매년 약 8%에 가까운 GDP 성장률을 기록했다. 이 시기의 경제성장을 '아프리카의 기적(The African Miracle)'이라고 부른다. 동 기간 남미 지역의 코코아 생산량 급감으로 인해 주요 수출 농산물의 국제가격이 급등하면서 같은 농산물을 수출하는 코트디부아르는 큰 부를 쌓게 된다. 아비장의 행정지구인 쁠라또(Plateau)에는 이때 지어진 고층 건물들이 즐비해, 세월이 흐른 지금도 이 나라가 쌓은 경제적 풍요를 체감할 수 있다. 물론 제대로 관리되지 않아 지금은 다소 허름한 모습이다.

안타깝게도 아프리카의 기적은 오래가지 않았다. 1993년까지 사실상의 장기독재를 마친 우푸에부아니 대통령 서거 후 IMF 구조조정을 거치는 등 경제상황이 곤두박질쳤다. 강한 지도자를 잃은 코트디부아르는 혼란스러운 정치적 소용돌이 속에 2002~2007년 5년간 제1차 내전을 겪었다. 제국주의로부터 독립 후 독재를 거쳐 혼란스러운 정치상황에 빠지는 것은 많은 나라가 겪는 안타까운 운명의 장난인 듯싶다.

현재는 2억 명의 압도적인 인구와 석유수출국기구(OPEC) 회원으로서 아프리카 최대의 산유 수출국인 나이지리아가 서아프리카를 넘어 사하라 이남 아프리카의 경제를 주도하고 있지만, 90년대까지만 해도 이 역할은 코트디부아르의 것이었다. 물론 지금도 코트디부아르는 서아프리카의 부자 나라로 손꼽히지만 불안정한 정치상황으로 인해 조금씩 가나와 나이지리아 같은 주변국에 경제적 주도권을 내주고 있다.

안타깝게도 코트디부아르의 불운은 첫 내전에서 끝나지 않았다. 2010년 대통령 선거를 둘러싸고 로랑 그바그보(Laurent Gbagbo)와 알라산 와타라(Alassane Ouattara) 양 진영이 서로 승리를 주장하며 폭력사태로 번지게 되었다. 첫 내전 때 나라 곳곳에 보급되었다가 회수되지 못한 총기를 가지고 양 진영은 폭력적인 시위를 일으켰다. 비교적 최근인 두 번째 내전은 이를 직접 겪은 한인과 코트디부아르 지인들의 입을 통해 상세히 들을 수 있었다. 불안을 틈 타 무장세력이 주택에 침입, 컴퓨터나 자동차 같은 값나가는 물건들을 약탈하거나 일반 시민을 무자비하게 사살한 이야기는 생각보다 흔했다. 당시 많은 한국 교민이 안전을 우려해 한국교회에 모여 지냈는데 다행히 무장세력도 종교시설은 건드리지 않았다고 한다.

혼란스러운 내전에 결국 국제사회가 개입했다. UN 평화유지군(United Nations Operation in Côte d'Ivoire)이 2004년부터 2017년까지 민간에서 무기류를 회수하고 민주주의를 정착시키기 위한 활동을 주도했다. 천천히 코트디부아르는 안정을 찾아 갔다. 하지만 두 차례 내전은 사람들의 생활방식을 사뭇 바꿔 놨다. 사람들은 여유만 있다면 비용을 기꺼이 지불하여 위험을 회피하고자 했다. 위험이 산업화된 것이다. 모든 건물은 2m가 넘는 시멘트 담장으로 둘러 쌓여 있고 철문 밖에는 보안직원이 상주한다. 입출입 시 가방 안 소지품을 확인하고 차량 내부도 점검한다. 상업, 주거시설이 시멘트 담장 속에 들어 있으니 밖에서 봐서는 당최 뭐 하는 곳인지 알 수가 없다. 길가에 시멘트 벽만 끝없이 늘어서 있는 느낌이다. 나도 집에 유엔이 지정한 사설보안업체의 보안시설을 의무적으로 설치해야 했다. 위기 상황에 처할 시 안방에 설치한 비상단추를 누르면 보안회사가 경호원을 보내 내 안전을 확인하는 형식이다. 비용은 유엔에서 지원했는데 한 달에 20만 원 정도를 냈다.

코트디부아르에는 이런 불어 표현이 있다. Tout ça à cause de Choi. '이 모든 게 그 최 씨 때문이야'라는 뜻으로, 여기에서 등장하는 최 씨는 반기문 UN 사무총장이 코트디부아르에 파견한 최영진 UN 사무총장 특별대표를 이른다. 2007년 그바그보와 와타라 양 진영의 평화프로세스 결과로 UN 사무총장이 지명한 특별대표가 대통령 선거를 관리 및 신임하는 데 합의했다. 당시 양 진영 모두 아프리카 지도자를 특별대표로 원했기 때문에 한국인을 선임한 것에 상당한 불만을 제기했다고 한다. UN의 관리 아래 선거가 철저히 준비되었지만, 여전히 불안정한 정치적 상황 가운데 선거가 치러졌다.*

2010년 12월 최영진 특별대표는 와타라가 선거에서 승리했음을 확인하는 성명을 발표했다.** 이는 곧장 그바그보 진영의 무력 시위로 치달았다. 이때 시작된 소요사태가 약 6개월간 계속되면서 삼천 명이 넘는 무고한 시민들이 죽고 백만 명의 시민이 피난길에 올랐다. 코트디부아르의 2010년 대통령 선거는 UN의 중재에도 불구하고 무력충돌로 수많은 민간인 사상자를 낸 불의의 사건으로 기록되고 말았다.***

예상된 무력충돌이었으나 UN 특별대표의 발표가 도화선에 불을 놓은 꼴이 되었기에 그때부터

---

* Nicolas Cook, *Côte d'Ivoire Post-Gbagbo: Crisis Recovery*, Congressional Research Service, 2011.

** Y.J. Choi, SRSG, UNOCI-Côte d'Ivoire, *Côte d'Ivoire: Statement on The Second Round of the Presidential Election Held on 28 November 2010*, UNOCI, 2010.

*** Dorina A. Bekoe, *The United Nations Operation in Côte d'Ivoire: How a Certified Election Still Turned Violent*, International Peacekeeping Vol. 25, 2018, pp.128~153.

코트디부아르 사람들은 일이 잘 풀리지 않을 때면 푸념하듯 "이 모든 게 최 씨 때문이다"라는 표현을 쓴다.

최근까지도 내전과 소요로 아픔을 겪었지만 천천히 치유하며 발전하고 있는 코트디부아르. 한번은 아비장 근교 휴양도시인 아씨니(Assinie)로 이동하는 길에 잠시 도로에 발이 묶인 적이 있다. 곧 있을 대통령 선거를 앞두고 폭력적인 시위가 번지고 있었기 때문이다. 차 안에 있어서 위험한 상황은 아니었지만 주변 분위기가 심상치 않음은 짐작할 수 있었다. 시위로 정신없는 틈을 타 사람들은 길가며 상가에서 손에 잡히는 물건을 머리에 이고 지고 훔쳐가기 바빴다. 친구가 그 모습을 핸드폰으로 촬영하려 하자 경찰이 다가와 이를 저지했다.

내전 끝에 2011년 대통령이 된 와타라가 3선이 가능하도록 최고 헌법을 개정하고, 2020년 마침내 3선에 성공해 지금까지도 코트디부아르를 이끌고 있다. 반 와타라 진영이 3선 반대시위를, 친 와타라 진영이 찬성시위를 일으키면서 사상자가 발생하기도 했다. 아직도 정당 간 평화로운 정권교체를 이루지 못해 정치 상황은 사회적 불안요소로 남아 있다.

환경부 워크숍에 참석했다가 코트디부아르 고위 공무원들과 점심 먹을 기회가 있었다. 그들은 민주주의란 서양의 발명품이며 교육도 제대로 받지 않은 무지한 사람들에게 투표권을 주는 게 얼마나 어리석은 일인지 장황하게 설교했다. 외국인인 나는 그 테이블에서 아무 말도 할 수가 없었다. 하지만 굳게 믿고 있다. 코트디부아르가 매일 매일 발전하고 있다는 사실 말이다.

아비장을 차로 돌아다니면 매일 같이 새로운 건물이 올라가는 모습을 볼 수 있다. 사람들은 돈을 벌어서 아이를 프랑스나 미국으로 유학 보낸다. 드록바처럼 성장해서 변화의 바람을 만드는 사람이 되기를 바란다. 길거리를 둘러싼 2m가 넘는 회색 시멘트벽은 차갑고 그 속내를 잘 보여 주지 않지만 알고 보면 그 속에 아기자기한 희망을 잔뜩 품고 있다. 밖에서 보이지 않는 아름다운 보석을 하나씩 찾아 낼 때마다 그 기쁨이 얼마나 큰지. 어쩌면 코트디부아르도 벽 속에 숨어 있는 아름다운 원석이 아닐까.

물과 전기, 인터넷이 없는 삶

기술의 빈자리

"아리엘, 얼른 호텔로 돌아가야 한다고!"

"아직 할 일이 좀 남은 거 같은데? 뭐가 그렇게 급해?"

"……화장실 가야 하니까!"

"아, 그건 좀 급하긴 하네."

서두를 생각이 없던 아리엘은 이 한마디에 드디어 우리가 탄 차를 출발시켰다. 시내로 핸드폰을 충전하러 가는 한 마을 주민도 우리 차에 동승했다. 다행히도 우리는 아주 위급한 상황은 모면할 수 있었다. 그러나 마을을 뱅뱅 돌다가 찾은 해변가 야자 숲이 동네 사람들의 뒷간이라는 걸

아는 데는 오랜 시간이 걸리지 않았다. 미리암이 뭔가 물컹한 것을 밟고 소스라치게 놀라며 바다로 뛰어 들어가서는 모래에 발을 마구 문질렀다. 그 장면을 본 나와 알리슨은 볼일을 보고 싶은 생각이 아예 사라져 버렸다. 나는 내 생리대가 과연 얼마나 버틸 수 있을지 계산했다. 아무래도 긴 시간이 남지는 않은 느낌이었다. 물이 없다는 건 단순히 마실 물이 없다는 것 그 이상의 의미였다.

유니세프와 세계보건기구에 따르면 안전한 물에 접근가능한 코트디부아르 인구는 전체의 35%뿐이다. 낮은 수치지만 사하라 이남 아프리카(SSA, Sub-Saharan Africa) 국가의 평균이 30%인 것을 감안하면 그나마 나은 편이다. 인공지능과 가상현실을 논하는 21세기에 깨끗한 물을 보급하는 것이 이렇게 힘들다니. 좀처럼 믿기 힘든 현실이다.

천만다행으로 물보다 전기의 상태가 낫다. 언뜻 짐작하기엔 전기보급이 더 어려울 것 같은데 말이다. 세계은행에 따르면 2020년 기준 코트디부아르의 전기 보급률은 약 69.9% 정도다. 이는 사하라 이남 아프리카 국가의 평균 전기보급률이

48.2%임을 감안하면 매우 높은 수치이다. 하지만 이런 코트디부아르도 수도권을 포함한 도심지는 94.5%, 지방은 43.1% 정도로 지역에 따라 큰 차이를 보인다.

우리가 방문한 그랑베레비(Grand-Béréby)의 외각 지역은 수도와 전기가 모두 들어오지 않았다. 해안가를 따라 도시와 산업이 발달한 코트디부아르의 경우 사하라 사막과 인접한 북부 외에는 대부분 전기가 들어올 거라고 예상했는데 의외였다. 같이 출장을 떠난 산림부 공무원은 전기보급률이 거의 70%에 이른다는 통계수치를 신뢰할 수 없다며 불평했다.

아비장은 비교적 전기가 풍부하지만 한 달에 한두 번 정전이 된다. 처음 정전을 겪었을 때는 인터넷, 에이컨이 안 되니 어쩔 줄 몰라 하며 당황했다. 특히 아비장에 도착한 첫 주말에 정전이 되자 동아줄 하나 없이 고립된 느낌이라 서럽게 엉엉 울고 말았다. 신기하게도 나는 차츰 적응해 냈다. 몇 달이 지나자 정전이 되어도 별 불안함 없이 침대에 누워 멍을 때리거나 책을 읽을 수 있게 되었다. 사무실이 정전될 때도 있는데 에어컨이 없으면 더위로 일에 집중을 하기가 쉽지 않았다. 그럴 땐 경유로 돌아가는 보조발전기를 돌리는데 모터 소리가 거대한 경운기마냥 시끄러웠다.

단전보다 단수의 경우 조금 더 난감한 상황이 된다. 청소도 샤워도 못 하고 화장실 사용도 못 하기 때문이다. 화장실과 부엌에는 빈 대야나 플라스틱 병에 비상 시 사용할 물을 항상 저장해 두었다. 혹시라도 까먹고 저장해 둔 물이 없으면 빗물이라도 받아 써야 한다. 불행 중 다행인지 보통 특정 건물이나 동네가 단수가 되는 편이라 누군가에게 부탁해서 다른 곳에서 물을 길어 올 수 있었다. 상수도 대신 순수 노동력으로 물을 길어 오는 셈이다. 이 또한 조금 불편하긴 했지만 난 곧잘 적응했다.

아비장 밖은 영 다른 세상이다. 2019년 1월, 팀원들과 코트디부아르의 서쪽 끝 라이베리아 국경 근방의 그랑베레비라는 지역으로 일주일간 출장을 떠나게 되었다. 아비장에서 상페드로(San Pedro)까지 40분짜리 비행기를 타고 내려서도 한참을 차로 달려야 그랑베레비에 도착할 수 있었다.

가나와 국경을 접한 코트디부아르의 동부는 비교적 발전한 반면, 라이베리아와 접한 서부는 상황이 다소 열악하다. 몇 년 전 발생한 홍수로 해안 침식이 가속화되었고 그랑베레비로 가는 도로는 온통 구멍이 나고 쓸려 내려간 곳 투성이었다. 차가 구덩이를 피하려고 어찌나 지그재그로 움직이는지 차멀미로 고통스러웠다.

부족한 인프라로 경제적 타격을 입고 있으나 서부는 관광산업을 중심으로 발전가능성이 높다. UNEP는 이곳의 천연자원과 식생, 어족자원을 보존하기 위해 코트디부아르의 첫 번째 해양보존지역(MPA, Marine Protected Areas)을 설치하는 프로젝트에 착수했다. 이를 위한 첫 단계로 지방정부와 주민을 대상으로 한 기본적인 사회경제적 배경조사와 의식 개선 워크숍을 개최하는 것이 이번 출장의 목적이었다.

그랑베레비 해양보존구역은 연안바다 20km뿐만 아니라 7km의 해변 산림도 포함한다. 완충 역할을 하는 망그로브숲과 연안 산림, 그 안에 서식하는 생태계 동식물상을 함께 보존해야 온전히 바다를 지킬 수 있기 때문이다. 따라서 해양보존구역에 물과 전기가 없는 것은 상당한 걸림돌이었다. 물이 없으니 하수도가 없고, 화장실이 없으니 무분별한 분뇨가 자연을 오염시켰다. 교통수단이나 냉장고가 없어 단백질 공급이 원활치 않고, 주민들은 멸종위기에 처한 바다거북이와 천산갑(Pangolin)을 사냥했다. 그들의 윗세대는 작은 목선을 끌고 나가 고기를 잡곤 했지만, 세월이 지나며 사람들은 낚시 기술을 잃었다. 이 지역의 어업은 라이베리아와 가나에서 이주해 온 이민자들의 차지가 되었다.

이런 역설은 그랑베레비 지역에서 천연고무사업이 번성하면서 시작되었다. 주민들은 토지를 헐값에 천연고무회사에 팔고 소작농으로 전락했다. 원래 아열대 우림이었던 숲은 점점 천연고무 플랜테이션 농장으로 변모했다. 고무나무는 토지의 영양분을 엄청나게 흡수해서 4~5년 만에 영양가가 없는 불모의 땅으로 만들어 버렸다. 그렇게 전 세계에 얼마 남지 않은 열대우림은 빠른 속도로 사라지고 있다. 데이터가 추적가능한 1990년대 초만 해도 코트디부아르 전체면적 중 24.7%가 산림이었으나 현재는 8.9%만 남았다. 사실상 대부분

숲이 사라진 것이다.

우리 팀은 MPA에 속하게 될 그랑베레비에서도 외딴 마을을 찾았다. 길이라고 부를 수 없을 정도로 울퉁불퉁한 비포장 도로를 따라 숲으로 한참을 들어가야 했다. 멀리서는 초록 숲이었는데 가까이서 보니 숲이 아니라 천연고무 농장이었다. 나무마다 천연고무를 수확하는 검은색 컵들이 하나씩 매달려 있었다. 숲으로 한참 들어가 찾은 부락은 그야말로 오지 다큐멘터리에서나 보던 것처럼 전기도 상수도도 없는 열악한 환경이었다. 새로운 마을에 방문할 때마다 환영의 의미로 콜라라는 짭짤한 가루를 먹는 의식을 치렀다.

상사가 마을의 촌장과 어르신들을 만나는 동안 우리는 여성과 어린이, 청소년 등 다양한 무리를 만났다. MPA 시행에 장애물이 될 만한 문제가 있는지, 이를 해결할 방법은 무엇인지 확인하고 주민들의 의견을 청취하는 시간을 가졌다. 마을에는 흔히 국제기구나 NGO가 설치해 놓은 태양열 우물 펌프, 농작물 건조기계 등이 있었다. 열이면 열, 백이면 백 이미 망가져 더 이상 사용할 수 없는 상태였지만 말이다. 단순히 새로운 시설의 설치가 끝이 아니라 꾸준한 유지관리 노력이 얼마나 중요한지를 보여주는 단적인 예였다.

마을에서는 대개 우물을 주요 식수원으로 사용했다. 왕왕 우물이 오염되어 수인성 전염병이 퍼질 때도 있다. 원인이 물임을 알더라도 다른 수원은 근방에서 찾기 어려워 특히 면역력이 약한 노인과 아이들이 병에 걸렸다. 부모는 물에 락스 같은 것을 타서 아이들에게 주며 이렇게라도 아이가 낫기를 바랐다. 인터뷰가 끝난 후 우리 팀원들은 사비를 털어서 아비장에서 사 온 쌀, 생리대, 비누를 마을사람들에게 나누어 주었다. 다리가 아파도 병원에 못 간 할머니를 위해 적지만 현금도 쥐어 드렸다. 주민들은 춤과 노래로 감사를 대신했다.

물과 전기는 두말할 필요 없이 중요하다. 깨끗한 물은 위생, 보건, 영양상태를 개선한다. 전기는 소득, 복지, 생활수준과 높은 연관성이 있다. 전기가 보급되면 지역의 소득과 생활수준이 향상된다는 것은 이미 많은 연구에서 증명되었다. 전기가 있음으로 사람들은 가치사슬이 짧은 농업에서 벗어나 가공식품을 생산하는 새로운 사업을 시작한다. 여성은 밤길을 다닐 수 있고 아이들은 저녁시간에 공부를 할 수 있다. 물을 길러 다니는 시간이 줄어들고 티비를 보는 등의 여가시간이 늘어난다.

보통 선진국에서는 해양보존구역 내의 어떠한 개발도 금지하는 데 반해 개발도상국에서는 어느 정도 개발이 되어야 환경을 보존할 수 있는 역설적인 상황이 펼쳐진다. 아름다운 숲과 바다를 지키기 위해서는 단순히 법안을 제정하고 보존구역을 설치하는 것 이상의 노력이 필요하다.

아기 코끼리 신드롬

작은 코끼리야, 용기를 내!

아기 코끼리 신드롬(Baby Elephant Syndrome). 아기 코끼리를 나무에 묶어 두면 탈출을 하려 하지만 힘이 부족해 실패하는데, 이 코끼리가 자라 어른이 되면 충분한 힘이 생겼음에도 어렸을 때의 기억을 바탕으로 사슬을 끊으려는 시도조차 하지 않는다고 한다.

나는 생각보다 일찍이 의전이란 것을 접할 기회가 있었다. 2010년 서울에서 열린 G20 정상회의에서 외국 정상을 위한 민간 의전관으로 근무하였기 때문이다. 단 이틀의 정상회의 기간 동안 해외 정상과 영부인의 방한 일정을 오차 없이 수행하기 위해 서너 달을 외교부에서 훈련받았다. 국기 배치법부터 정상들의 단체사진 찍는 법까지 다소 생소하고 엄격했던 정상급 의전 규칙을 익혔다. 당시에는 꽤 군기가 바짝 들어서 야근도, 주말근무도 자주 했다. 그래도 많은 걸 배우고 좋은 사람들을 만난 즐거운 기억으로 남아 있다.

대한민국 외교부에서 우리나라 최고의 의전관과 경호원들에게 몸소 의전을 익힌 터라, 나는 내가 의전 개념이 없는지 상상도 하지 못했다. 그런데 내가 한 가지 몰랐던 게 있었다. 바로 대통령이 없는 곳에서도 의전이란 개념이 통용된다는 거다. 대통령이 아니더라도 어디든 윗사람이 있는 곳이면 의전을 행해야 했다. 소위 생활 의전이다. 우리네는 어려서 가정과 학교에서 유교의 삼강오륜을 배우고, 커서는 사회에서 의전을 배운다. 장유유서의 도리를 모르면 배워 먹지 못한 놈 취급을 받듯이, 의전을 제대로 못하면 제아무리 일을 잘해도 일 못하고 개념 없는 놈이 되어 버린다.

생활 의전은 사회생활 전반에 퍼져 있었다. 이를테면 회식 자리에서 상사를 지체 없이 상석으로 안내하고, 더불어 고기를 바삭하고 맛있게 구워야 하며, 출장을 갈 때는 가장 좋은 차를 대령해 가장 상석에 상사를 모셔야 한다. 점심 및 저녁 식사 시 상사가 먹고 싶을 만한 메뉴를 관심법으로 간파해 예약하고, 어쩌다 약속이 있을 때는 상사가 혼자 밥을 먹지 않도록 다른 직원을 미리 섭외해야 하며, 혹여나 미리 밥을 먹었더라도 상사가 원한다면 기꺼이 다시 식사를 해야 한다.

정상 의전과 생활 의전의 공통점은 "나를 없앰"에 있다. 내가 모셔야 하는 분의 편안함이 오롯이 나의 목적이 되는 것이다. 의전 일을 하면 매일 듣는 주의가 "튀지 마!"였다. 그중에서도 생활 의전은 '나'라는 개인의 정체성을 지우고, 오롯이 조직의 일원, 상사의 부하로서의 정체성만 장착하도록 강요한다. 의전관은 연극에 등장하는 춘향이, 이도령, 향단이가 아니라, 이 연극을 준비하는 조연출이나 작가쯤이라고 했다. 하지만 의전이라는 연극은 정상회의가 끝났다고 끝이 아니었다. 매일매일을 살아가는 우리의 직장 속에서 계속되고 있었다. 권위적인 이 체제 속에서 우리는 계속 향단이보다 못한 존재로 한없이 낮추고 살아가야 했다.

한창 회사가 어려운 시기가 있었는데, 상사는 수시로 우리를 모아 놓고 침몰하는 배의 주인은 우리 자신이니 주인의식을 가지고 노 타수를 저어야 한다고 했다. 자신은 이 배의 손님일 뿐이고 우리가 주인이니 침몰하는 배를 구하기 위해 책임감을 가지고 일하란다. 응? 귀를 의심하지 않을 수 없었다. 향단이보다 못한 내가 어떻게 이 배의 주인인가? 이제까지 주인 대접을 받은 적이 없는데 어떻게 주인의식이 생긴단 말이야? 배가 침몰하려 한다면 탈출할 생각을 해야지, 어떻게 주인의식을 갖고 남아 있으라는 거지?

나는 곧장 이직 준비를 시작했다. 침몰하는 배에서 탈출하고도 싶었지만, 심지어 스스로 주인이길 거부하는 상사가 나를 해고하려 했다는 사실을 어찌어찌 전해 듣고 난 후부터였다. 마음이 아프긴 했지만 어차피 이직을 생각 중이었는데 잘됐다 싶었다. 여기저기 지원서를 넣기 시작했고 곧 면접 일정이 잡혔다. 온 동네 사람들이 다 알고 있던 나의 계약종료 사실을 끝까지 나에게 알리지 않았던 상사는 아니나 다를까 내가 이직준비를 했다는 말을 듣고는 불같이 화를 냈다. 어떻게 말도 없이 이직 준비를 하냐면서. 순간 누가 먼저 화를 내야 맞는 건지 분간이 안 됐다.

나는 코트디부아르에서 직원으로서 종종 의전을 수행하지만 또한 많은 경우 주인공 역할을 해야 했다. 중요한 행사에 UNEP를 대표해 발표를 하거나 연설 따위를 해야 할 때이다. 하지만 오랜 기간 노예근성만 학습한 내게 주인공 역할은 참으로 어색했다.

하루는 앙젤이 해외 출장 중이라 UNEP를 대표해 내가 한 행사에 참가했다. 앙젤은 이 행사를 위해 빠뉴라고 불리는 코트디부아르 전통 옷감으로 만든 맞춤 드레스를 내게 선물했다. 심지어 자신의 개인 운전사를 내게 보내 행사장에 택시를 타고 가지 않도록 배려해 주었다.

디렉터의 초청장을 들고 리셉션에 도착하자 직원은 나를 VIP룸으로 안내했다. 얼떨결에 끌려간 방에는 나이가 지긋해 보이는 외국 대사와 코트디부아르 장차관급 고위 관료 네다섯이 앉아 있었다. 나는 이날을 위해 만든 하늘색 맞춤 드레스를 입었지만 이런 상황에서 어떻게 행동하는지는 배운 적이 없었다. 그저 내가 있을 자리가 아니라는 생각에 몸둘 바를 몰라 하며 항상 하던 대로 최대한 눈에 띄지 않게 구석에 숨어들었다.

"저 동양인은 누구지?"라는 눈빛으로 잠시 나를 응시하던 대사와 장관들은 곧 관심을 거두고 저들만의 대화로 돌아갔다. 그들의 관심이 불편했던 나는 '튀지 않게' 구석에 숨어서 어색한 공기만 들이쉬고 있었다. 마치 남의 집 안방에 앉은 것처럼 가시방석이 따로 없었다. 그 순간 방문이 열리며 젊은 흑인 남자가 들어왔다. 회색 양복을 멋들어지게 차려입은 그는 들어오자마자 대사와 장관들에게 먼저 악수를 청하며 자신의 이름과 소속을 밝혔다. 아! 순간 망치로 머리를 한 대 맞은 것 같았다. 늘 배웠던 대로 튀지 않게 숨을 것이 아니라, 나를 반짝이고 빛내야 하는 순간이었던 것이다. 그것이 곧 내가 속한 조직과 그 가치를 동시에 반짝이게 하는 일이었던 것이다.

내가 배워 온 과거의 행동규범은 현재에 맞지 않았다. 이제는 새로운 규범이 필요했다. 이렇게 노예 같은 태도로 살아서는 아무리 화려한 보석과 드레스를 걸쳐도 아무도 나를 대우해 주지 않을 것이다. 여태껏 내가 다 큰 아기 코끼리로 살았음을 깨달았다.

이후 나는 외부행사에 갈 때마다 조연출이 아니라 춘향이처럼 행동하고 대화하는 법을 연습하기 시작했다. 모르는 사람이라도 옆 사람에게 인사를 건네고 나를 소개하려 했다. 차나 다과를 먼저 권하고 적당한 대화거리를 찾는 것도 그 연습 중 일부였다. 물론 습관이란 무서워서 나는 아직도 춘향이 역할에 그렇게 출중하지는 못하다.

나도 다 큰 코끼리다. 어려서부터 쇠사슬에 묶여 있었지만 제법 힘이 세진 코끼리. 작은 내 과거의 모습에만 사로잡혀 포기하는 것을 포기해야 했다. 문뜩 정신을 차려 둘러보니 내게도 커다란 네 다리, 긴 꼬리 그리고 모두들 탐낼 만한 근사한 상아가 있었다. 이제 삶이란 연극에서 향단이보다 못한 존재로 낮추기만 할 것이 아니라 내 이야기를 스스로 지휘하는 감독이 되어야 한다. 반짝반짝 빛나고 싶다. 다시는 스스로를 작게 만들지 않을 것이다. 나를 작게 만드는 사람과 사회를 적어도 가만히 묵과하지는 않을 테다. 우리는 용감한 큰 코끼리니까.

아프리카, 그 베일 뒤의 화려함에 대하여

가난과 빈곤이라는 그 오해 너머

한스 로슬링의 저서 『팩트풀니스』는 매일같이 미디어에서 부정적 뉴스를 접하는 우리들이 얼마나 많은 오해와 편견에 사로잡혀 있는지를 보여준다. 또 우리의 편견과는 달리 세계가 점차 나은 방향으로 나아가고 있음을 데이터를 통해 증명한다. 개발학을 공부하고 코트디부아르에 살고 있는 나조차도 몇몇 질문에 틀려서 부끄러울 정도였다. 영양실조로 뼈만 앙상한 아이들이 떠오르는 아프리카 이미지는 잘 변하지 않는 고정관념이다. '아프리카'란 단어는 곧 극빈국과 동의어로 인식되고 가난, 빈곤, 결핍 같은 부정적인 어휘로 연결된다. 하지만 이는 사실과 거리가 멀다. 앙골라, 코트디부아르, 가봉, 보츠와나 등 여러 사하라 이남 아프리카 국가들은 중소득국가로 진입했다.*
과거 포르투갈의 식민지였던 앙골라는 나이지리아에 이은 아프리카 제2의 석유생산국으로, 최근에는 포르투갈 사람들이 연봉이 높은 직장을 찾아 앙골라의 수도 루안다(Luanda)로 이주하기도 한다. 아프리카의 싱가포르이라고 불리는 보츠와나는 남아프리카의 부유한 국가로 현재 일인당 GDP가 코스타리카, 멕시코와 비슷한 수준이다.

발음하기도 어려운 나라, 코트디부아르에 사는 나에게 친구들은 묻는다.

"거기는 물가가 엄청 싸고, 사람들은 순수하지?"

완전히 틀린 말은 아니지만 나는 아니라고 답한다. 코트디부아르 물가는 비싸다. 그리고 여느 국가들처럼 자본주의와 돈의 지배를 받고 있으니 사람들이 순수한지, 즉 비물질주의적인지 묻는다면 절대 그렇지 않다. 한국에서 휴가를 보내며 아

* 세계은행은 중소득국가를 인구당 GNI(Gross National Income) $1,026~$12,475 사이로 분류한다.

비장보다 저렴한 물가에 탄성을 지를 수밖에 없었다. 물론 집값은 제외하고 말이다. 한국에서 밥 한 끼에 2만 원을 쓴다고 생각하면 너무 비싼 것 같은데, 아비장에서 같은 음식값이 만 세파(2만 원)라고 생각하니 싸게 느껴졌다.

코트디부아르에 오기 전에는 예상치 못했다. 얼마나 이곳에 비싸고 현대적이고 화려한 즐길 거리가 가득한지 말이다.

출장으로 방문한 코트디부아르의 서쪽 끝 그랑베레비에서 일정을 끝내고 한 리조트호텔을 방문했다. 숙박비는 1박에 약 20만 원으로 호텔 내에 레스토랑, 술집, 해변, 서핑을 위한 편의시설이 갖추어져 있었다. 그나마 그랑베레비는 아직 관광지화가 덜 되어서 가격이 저렴한 편으로 상페드로 같은 주변 지역의 가격은 더 높은 편이다. 아비장 시내에도 고급호텔이 다수 있는데 대부분 1박에 20~30만 원대의 가격이 형성되어 있다. 또 마제스틱(Majestic)이라는 영화관 체인점에서 아프리카, 아랍권 영화뿐 아니라 유럽과 할리우드 영화도 상영한다. 3D 영화를 보면서 팝콘을 주워 먹으면 마치 내가 한국에 있는 듯한 착각이 든다.

세련된 레스토랑과 술집도 꽤 많다. 항상 새로운 레스토랑이 생겨나 도전하는 재미도 쏠쏠하다. 150년간 프랑스의 식민지였기에 프랑스 식당이 많은 편이다. 1970년대 레바논 내전으로 인한 이민자가 많아 중동음식 식당도 잘 발달되어 있다. 아시아 식당으로는 베트남, 중국, 인도 식당이 흔하다. 프랑스 레스토랑 겸 베이커리 체인점인 뽈(Paul)과 에릭 카이저(Eric Kaiser)도 들어와 있다.

아비장에는 프랑스 슈퍼마켓 체인인 카지노(Casino)가 있는데 여느 한국 대형마트와 다를 바가 없다. 과일과 채소는 현지 생산된 것들이 많지만 공산품은 대체로 프랑스산이다. 가격은 비싸지만 유럽에서 사 봄 직한 대부분의 제품을 구할 수 있었다. 상업지역인 마코리(Macory)와 4구역(Zone 4) 지역에는 대형 쇼핑몰이 밀집해 있다. 쇼핑몰 내부에는 4D 놀이기구며 레스토랑, 요거트 아이스크림 가게, 옷과 화장품 가게 등이 즐비하다.

코트디부아르는 나름 서아프리카 패션의 중심지로, '빤유'라고 부르는 옷감을 사서 재봉사에게 디자인을 맡기면 옷을 만들어 준다. 여기서 만든 옷을 입고 다른 나라에 가면 "이거 코트디부아르 스타일이구나!" 하며 알아본다고 한다. 좋은 빠유를 구해서 옷을 만드는 재미가 적이 쏠쏠해서 멈출 수가 없다. 친구들은 유명 프랑스 브랜드의 옷 사진을 재봉사에게 부탁해 그대로 만들기도 한다. 물론 결과물은 재봉사의 실력과 운에 따라 어떨 땐 정말 훌륭하기도, 이상하기도 하다. 개인 스타일에 재봉사의 역할이 워낙 중요하니 이를 남과 공유하는 것은 절대 금물이다.

사무실 바로 옆 골목에는 고급스러운 헬스장이 있다. 구글맵 리뷰가 이르길 '서아프리카에서 가장 좋은 헬스장'인데 그 말이 과장이 아니다. 1층에는 스파, 2층에는 근력운동시설, 3층에는 스피닝, 요가, 복싱 등 단체수업을 위한 공간이 있다. 1년 회원가가 120만 원으로 매우 비싼 편인데 국제기구 직원 할인을 받아 80만 원에 구입했다. 덕분에 나는 퇴근하면 곧장 헬스장으로 직행하는, 한국에서는 누려 본 적 없는 건강 일상을 체험 중이다.

한식당도 서너 군데 있어 그리운 한국음식을 사 먹을 수 있다. 프랑스 친구들은 한식당에서 백

세주를 한번 맛보더니 그 후로 시도 때도 없이 삼겹살과 백세주를 먹으러 몰려다녔다.

아프리카는 많은 사람들의 예상보다 훨씬 더 발전된 곳이다. 코트디부아르뿐 아니라 여러 아프리카 국가들이 이처럼 개발의 사다리를 한 걸음 한 걸음 오르고 있다. 적어도 아비장에서는 유니세프 광고에 나오는 가난하고 배고픈 아이들을 찾기 힘들다. 물론 그런 사람들이 아예 없다는 것은 아니다. 적어도 아비장에는 선진국에서 누리는 것과 같은 편의시설과 먹거리, 놀거리가 풍족하다. 여러 프랑스 브랜드가 이곳에 있고 파리의 부와 재화를 소비할 만큼 부유한 사람들도 이곳에 있다. 그래서 사람들은 아비장을 서아프리카의 파리라고 부르는 듯하다.

아프리카에서 슬럼프를 마주쳤을 때

미봉책 대신 내면의 힘 찾기

그럴 때가 있다. 정말 다 싫을 때. 아무것도 하기 싫은데, 정작 아무것도 안 하는 내가 짜증 날 때. 뭘 해도 부정적인 생각만 가득하고 미래가 적막, 암울하게 느껴질 때. 말도 하기 싫고, 누구도 만나기 싫고, 웃음기는 말라 버리고…… 그렇다고 정작 혼자 있으니 시멘트에 난 민들레처럼 외로울 때. 왜 기분이 나쁜지 정확히 설명할 수 없어서, 설명하자니 자존심이 상하거나 바보 같을 때. 그나마 들어주는 사람도 정체 모를 한숨과 불평을 들어주다가 지쳤을 때. 그냥 이불 속에 코를 박고 울고 싶을 때.

한국에서는 슬럼프를 어떻게 이겨 냈었던가. 오래된 일도 아닌데 영 기억이 나지 않았다. 슬럼프가 있었다는 것은 기억이 나는데 이겨 낸 적이 있었던가 아니면 그냥 지나가기만을 기다렸던 걸까? 어쩌면 인생이 슬럼프 그 자체였던 걸까? 아마도 한국에 있는 나였다면 집 근처의 공원을 산책하거나 좋아하는 카페에 몸을 숨기고 책을 읽었으리라. 차를 끌고 외곽으로 나가거나 강변을 따라 자전거를 탔겠지. 친구들을 만나서 디저트를 먹으면서 수다를 떨고 열심히 욕을 해 댔겠지. 하지만 대부분의 스트레스는 백화점에서 쓸데없고 귀여운 것 따위를 사며 카드를 열심히 긁는 걸로 풀었을 테다.

문제는 여기서 아무것도 할 수가 없다는 사실이다. 내가 (과)소비요정이면 뭘 하겠는가? 이곳은 소비를 할 여건이 안 된다. 카페가 없고(식당에서 커피를 마시는 형식이다), 자전거는 언감생심, 혼자서 산책을 할 수 있는 안전한 공원도 없고, 게다가 차와 백화점은 말해 입만 아프다. 서아프리카에서 최고랄 만한 쇼핑몰들도 이럴 땐 위로가 되지 못한다. 내가 한국에서 하던 방법대로 스트레스를 풀 수는 없다. 더욱 가슴이 옥죈다. 마음이 어두운데 어둠을 달랠 방법을 몰라서, 그 길이 없는 거 같아서. 갑자기 이런 답답한 곳을 스스로 선택한 내가 바보인가 하는 생각이 든다.

친구나 가족에게 이야기를 하면 하나같이 그만두고 돌아오란다. 내가 말라리아에 걸린 걸 알게 된 엄마는 땅이 꺼질 듯이 한숨을 쉬면서 귀국을 종용했다. 엄마의 마음은 이해하지만 그런 말은 나를 그저 더 슬프게만 했다. 한국에 돌아가는 생각만으로도 이미 중도 포기자가 되는 기분이다. 포기하긴 싫은데 그렇다고 계속하기도 싫다. 추가 연장한 1년의 계약기간을 행복하지 않은 채로 꾸역꾸역 보내는 것은 아닐까? 그러기엔 1년은 생각보다 긴 시간이다. 하지만 지금 돌아가는 것은 내 선택지에 없다. 위로도 되지 않았다. 어쩌면 나약한 나를 더 약하게 하는 선택지다.

나름대로 분석을 해 보자면 내 이번 슬럼프의 원인에는 여러 가지가 있다. 우선은 아프고 나니 몸 상태가 좋지 않다. 건강이 나쁘니 산해진미가 무슨 소용이 있을까? 말라리아 기생충과 한 침대에 누워서는 초록 야자수도 파란 하늘도 노란색 달콤한 파인애플도 회색빛으로 보이는데. 다행히 말라리아는 거의 나았으니 제 신체리듬을 찾으면 이 문제는 저절로 해결될 거였다. 긍정적으로 해석하자면 처음 말라리아로 아프고 나았으니, 다음번에는 더 잘 이겨 낼 수 있지 않을까. 의사도 처음 말라리아 약을 먹은 거라, 간 수치가 더 안 좋은 거라고 했다.

다음은 또다시 시작되는 취업 준비에 대한 스트레스 때문이다. 대부분의 직원이 계약직인 현재의 UN 시스템으로 인해 다음 근무지를 확정하려면 다시 취업준비를 해야 했다. 특히나 아비장에서 취업 준비에 필수인 토플시험을 치르는 건 상당히 곤혹스러운 일이었다. 시험 도중 시스템이 정지되는 바람에 수험생들 모두 좁은 컴퓨터실에 갇혀서 두 시간이 넘게 멍을 때려야 했다. 영어시험부터 지원서 작성, 면접 준비까지 취업 준비에는 최소 몇 달간의 에너지를 쏟아야 했다. 하지만 이미 떨어진 것도 아니고 불안감에 우울해할 이유는 없다. 그럴 시간에 면접이나 준비하는 게 합리적이다.

사실 하나씩 논리적으로 따져 생각해 보면

내가 우울할 이유는 하나도 없다. 다만 내가 어떤 마음가짐이냐, 어떻게 극복하느냐의 문제일 뿐이다. 그저 내 마음에 달린 일이다. 특히 이 코트디부아르라는 낯설고 자원이 제한된 환경에선 말이다. 푸념하고, 짜증 내고, 슬퍼하고, 우울해하느라고 시간을 다 보낼 수는 없었다. 오후 두 시 반이 되도록 시체처럼 소파에 누워 있다가 도저히 이래서는 안 되겠다 싶었다. 엉덩이보다 무거운 눈꺼풀을 들어올려 옷을 주워 입고 겨우 문밖으로 기어 나왔다. 끼익- 소리 나는 철문을 열고 나오자 예상외로 아주 시원한 바람이 얼굴을 스쳤다.

일단 뽈(Paul)에 가서 카페라테를 한 잔 마시고 게으른 정신을 깨웠다. 과일시장에 가서 아보카도, 토마토, 파인애플을 샀다. 신선한 아보카도의 배를 가르니 연초록색 속살이 나왔다. 아주 적당하게 익은 아보카도를 고르는 건 여간 어려운 일이 아닌데 기분이 좋아졌다. 부드럽게 잘 익은 아보카도를 포크로 으깼다. 꼭 엄마랑 감자 샐러드를 만들 때가 생각났다. 채 썬 양파, 토마토, 마늘, 레몬즙을 섞어서 과카몰레를 만들었는데 초록 냄새가 아주 향긋했다. 바게트를 썰어서 과카몰레를 듬뿍 얹어 입안에 넣으니 신선하고 촉촉한 야채들이 기분 좋은 미각을 일깨웠다. 아, 아프고 나서 미각이란 감각을 오랜만에 사용한 느낌이다.

한국에서 가져왔지만 3개월이 넘도록 손도 대지 않았던 오징어채를 꺼냈다. 새빨간 고춧가루와 올리고당에 조곤조곤 버무려 냈다. 물론 오징어채만 먹어도 원체 맛있으니 망할 일이 없지만, 처음 만든 것 치고는 달콤하고 쫄깃한 게 꽤 맛이 좋아서 기분이 우쭐해졌다. 어렸을 때도 방금 한 밥과 오징어채, 김만 있으면 밥 두 공기도 뚝딱 해치우곤 했다. 빨간 밑반찬을 보니 입맛이 돌았다.

레몬청을 만들려고 레몬을 씻었다. 노란 레몬을 씻는 것만으로도 새콤한 감각이 뇌를 자극했다. 이렇게 작은 일이라도 스스로 해내니 성나 있던 마음이 많이 누그러지는 것 같았다. 온몸의 감각세포들이 조금씩 되살아났다.

요리며 집안일에 처음으로 흥미를 느끼기 시작했다. 여태껏 밥은 그저 배고프니 먹는 거였다. 하지만 이제 신선한 과일과 야채를 씻고 자르는 기쁨이 어떤 것인지 조금 이해하게 되었다. 과카몰레를 먹으며 내 기분을 글로 써 내려갔다. 왜 기분이 나쁜지 귀 기울이고 감정을 자세히 들여다보았다. 어쩌면 다른 사람이 어떻게 생각할까, 어떤 기분일까 눈치 보는 것에 비해 자신의 감정에는 되레 무관심할 때가 많았던 것 같다. 한 시간이라도 핸드폰을 끄고 온전히 나에게 집중하려 노력했다. 재잘재잘 쉴 새 없이 떠들던 핸드폰이 조용해지자 방 안에는 밖에서 떠들고 노는 아이들의 꺄르륵거리는 웃음소리가 들어찼다. 햇빛과 새소리도 다시 나를 찾았다.

소비로 점철되던 스트레스 관리법은 제대로 된 해법인 적이 없었다. 나도 알고는 있었다. 뭔가를 샀을 때의 짜릿한 기분은 아주 잠깐이다. 그 짜릿한 기분을 계속 느끼기 위해서는 반복적인 소비가 필요하다. 10만 원을 썼을 때의 자극에는 점점 무뎌져서, 같은 자극을 느끼려면 점차 20만 원, 30만 원을 써야 했다. 그게 백만 원이 되고 이백만 원이 되는 건 아주 순식간이다. 게다가 나는 지금 스트레스를 받고 슬럼프를 겪고 있으니 이 정도를 소비하는 건 정당하다고 합리화한다. 일하면서 생기는 스트레스는 소비로 이어지고, 카드값은 계속 나를 일할 수밖에 없게 부추긴다.

누군가 그랬던가. 회사를 그만두지 않으려고 명품가방을 산다고. 할부라도 갚고 있어야 퇴사를 안 한다며. 친구들끼리 우스갯소리로 하는 넋두리이지만 스트레스로 촉발된 소비는 곧 족쇄가 된다는 걸 알면서도 다른 해결책을 찾을 생각은 하지 않았다. 물론 지금도 슬럼프에 대한 완벽한 답은 모른다. 하지만 적어도 찾기 위해 노력을 시작했다는 것에 자찬해 본다. 조금씩 나 자신을 더 공부해 단단하고 견고해지기 위해. 어쩌면 소비로 이어지던, 또는 소비의 좋은 핑계가 되었던 슬럼프란 놈은 아프리카에 와서야 나에게 제대로 된 돌봄을 받을 기회를 얻게 되었는지도 모른다.

파랑새를 찾아서

국제 장거리 커플의 연애

UN은 신입직원에게도 1년에 30일의 휴가를 제공한다. 주말을 붙여서 쓰면 거의 한 달 반을 쉴 수 있는 셈이다. 국제기구의 특성상 가족이 해외에 있는 경우가 허다해 가족을 만나는 데 휴가를 쓴다. 여름 휴가철인 8월이나 크리스마스와 연말이 있는 12월이면 대부분의 직원들이 휴가를 떠나 사무실은 개점휴업 상태다. 나도 아비장 근무 3개월 만에 일주일간 크리스마스 휴가를 갖기로 했다. 당시 남자친구였던 지금의 남편도 휴가를 써서 프랑스 파리에서 만날 계획이었다. 사무실 책상에 앉아 일을 하면서도 곧 놀러 갈 생각에 부푼 마음이 뽀글뽀글 차올랐다.

크리스마스 전야의 아비장 공항은 아주 인산인해였다. 대부분 가족을 만나러 유럽으로 떠나는 사람들이었다. 코트디부아르에서는 부모가 여유만 있다면 자녀를 프랑스로 유학 보낸다. 나는 회사 동료 자뚜에게서 그녀의 남동생에게 전할 콩 배달을 부탁받았다. 자뚜의 동생은 나도 한 번 만난 적 있는 키가 크고 잘생긴 훈남이었다. 심지어 프랑스의 엘리트 대학인 그랑제꼴을 다녀 자뚜가 아주 자랑스러워했다. 그녀는 파리에서 콩이 그렇게 비싸다며 동생에게 콩을 보내 주고 싶다고 했다.

그녀는 원래 직접 파리에 가 동생을 놀래켜 줄 요량이었는데 프랑스 비자를 받는 데 실패했다. 옆에서 지켜보니 단순 관광비자를 받는데도 이 사람이 믿을 만한 사람이라는 것을 증명하는 보증인 편지 등 제출할 문서가 어찌나 많은지 머리가 어지러울 지경이었다. 이들에겐 비자 받기가 상당한 고역이라 한국인은 유럽에 무비자로 입국 가능하다고 말하면 깜짝 놀라곤 했다. 심지어 공항 직원들도 어떻게 비자 없이 유럽을 가냐며 한국인을 붙잡고 말씨름을 하는 일도 있다고 한다.

출발 전 자뚜, 다른 동료 요비와 함께 우리 집에 모여 내 머리보다 큰 콩 자루 두 개를 샅샅이 뒤지는 작업을 했다. 자뚜는 이 콩자루도 다른 사람한테 부탁받은 물건이니 콩 자루 속에 의심스러운 것이 없는지 꼭 확인해야 한다고 일러 주었다. 아비장에서 여러 사업을 하면서 잔뼈가 굵은 그녀다웠다.

아비장에서 파리까지는 비행기로 약 6시간이 걸린다. 비행기에 올라 식사와 간식 한 번씩 먹어 치우고 나니 금세 파리에 도착했다. 아프리카에서 출발하는 항공편은 보통 파리 오를리 공항에 도착하기에 도착장은 여러 아프리카 국가에서 온 사람들로 빼곡했다. 여기가 파리인지 아프리카인지 구분이 안 될 정도였다. 정신이 없는 틈을 타 어떻게 숙소까지 이동할까 고민하는데 한 중국인 아저씨가 다가왔다.

"파리로 가면 같이 갈래요? 두 명 더 태워서 출발인데 30유로에 숙소까지 태워 줄게요."

30유로로 숙소에 내려 주다니 솔깃했다. 하지만 모르는 사람을 따라 차를 타기가 꺼림칙해서 그의 호의를 거절했다. 근데 이게 웬걸. 택시 승강장 안내에 따르면 오를리에서 파리로 가는 택시는 모두 정액으로 30유로였다.

예약한 숙소까지는 택시로 채 30분이 걸리지 않았다. 오랜만에 차가운 겨울 바람이 얼굴을 때렸다. 버튼으로 창문이 열리고 좌석이 이렇게나 깨끗한 택시라니! 아비장에서 겨우 3개월 보냈을 뿐인데 이런 작은 것들에 감탄하게 되었다. 그래, 이것이 바로 '모던월드'였다.

에어비엔비에서 빌린 숙소는 파리 중심에 위치해 있었다. 5층 꼭대기 층이었으나 엘리베이터가 없어 무거운 콩 자루가 든 여행가방을 짊어지고 삐걱대는 나선형 계단을 올라야 했다. 아파트 안쪽에서 열쇠로 문을 잠그는 시스템, 욕실 안에 설치된 보일러, 거친 페인트칠이 된 벽장까지…. 아비장의 인테리어는 프랑스에서 그대로 옮겨온 것임을 그제서야 깨달았다. 아비장 집에 커튼을 설치하려고 사람을 불렀을 때 내게 이런저런 사진을 보여주며 '프랑스 스타일'이라며 바가지를 씌우려 했던 기억이 뇌리를 스치고 지나갔다.

숙소에 도착하고 몇 시간이 지나서야 남편과

상봉할 수 있었다. 딱 3개월 만이었다. 그는 미국의 한 IT 기업에서 인턴을 하고 있었기에 미국 동북부 피츠버그에서 출발해 파리 샤를 드골 공항에 도착했다. 택시에서 내리며 환하게 웃는 그의 모습을 보자마자 살짝 남아 있던 긴장감이 탁 풀리는 것 같은 기분이 들었다. 미국과 코트디부아르는 대서양을 사이에 두고 비행기로 총 15시간이 걸리는 먼 거리다. 크리스마스 휴가지로 파리를 고른 이유도 그나마 두 나라의 중간 지점이었기 때문이다.

우리는 둘 다 고양이과라 혼자서도 잘 노는 편인데 덕분에 국제 장거리 연애가 크게 힘든 적은 없었다. 각자 한국이 아닌 다른 나라에서 하고 싶은 일을 하면서 사는 걸 보면 우리는 경력이나 자기 성취에 욕심이 대단한 사람들인 것 같기도 했다. 이런 우리가 어딘가 정착해서 산다면 한 사람의 욕심을 일방적으로 희생해야 하는 것은 아닐까 조금은 걱정이 됐다.

자칭 미니멀리스트로 자기 짐이 많지 않은 남편의 가방 속에는 온통 나를 위해 미국에서 사 온 간식거리나 아이패드 같은 선물이 가득했다. 아비장으로 돌아갈 때는 콩 자루 대신 구호물자를 가득 실어 갈 수 있으니 이렇게 든든할 수가 없었다. 3개월 만에 만나 너무나 반가운 순간이었지만 우리는 여독에 지쳐 금방 잠에 곯아떨어지고 말았다. 그렇게 하루가 지나갔다.

다음 날이 되어서야 동면에서 깨어난 우리는 이보다 로맨틱할 수 없는 12월의 파리를 즐겼다. 추운 길거리에서 서서 마시는 뱅쇼부터 상상을 초월하게 맛있는 마카롱, 굴요리를 먹었고 크리스마스 마켓도 구경했다. 그렇게 즐겁게 며칠을 보내자 슬슬 휴가가 얼마 안 남았다는 조급함이 시작되었다. 일요일 저녁에 〈개그콘서트〉를 보며 속절없이 다가오는 월요일을 안타까워하는 기분이랄까. 곧 그와 헤어져 아비장으로 돌아간다는 사실이 문득 두려움으로 다가왔다. 코트디부아르에서 사업을 하는 한인들이 말하기를 한국인 직원을 고용하면 보통 1년 만에 집에 다녀오는데 그 후 얼마 못 버티고 으레 퇴사한다고 한다. 그 이야기가 잘 이해되지 않았는데 막상 내가 그 처지가 되어보니 어떤 기분인지 알 수 있었다.

난 아비장 생활에 제법 만족하고 있었다. 그

럼에도 평생 당연하게 누렸으나 아비장에서는 쉬이 누리지 못하는 것들이 있었다. 이를테면 깨끗한 공기와 길거리, 산책, 나를 "시누와 시누와(중국인 중국인)!"라고 놀리지 않는 사람들, 카페, 전기와 물이 끊기지 않는 집, 빠른 인터넷, 가격협상이 필요 없는 택시와 대중교통 같은 것들 말이다. 당연한 것들을 잃었다가 잠깐 맛보게 되니 이렇게 달콤할 수가 없었다. 아비장으로 돌아가는 순간 누리지 못함을 깨닫자마자 느낀 그 헛헛한 기분을 어찌 설명해야 할지. 그 기분은 "역시 2년으로 계약 연장 못 한다고 상사한테 말하는 게 나을까?" 하는 걱정으로 이어졌다. 남편은 나를 '걱정거리가 없으면 걱정을 찾으러 다니는 성격'이라고 놀려 댔다. 일단은 걱정은 접어두고 휴가를 최대한 즐기기로 했다.

예상치 못한 사건은 몽마르트 언덕에서 내려와 지하철을 타려는 순간 벌어졌다. 사람이 많은 틈을 타 내 패딩 주머니 지퍼가 열리면서 낯선 손이 미끄러져 들어오는 것을 발견했다. 나는 비명을 질렀다. 생후 100일부터 키워온 목청이 이럴 때 쓸모가 있었다. 비명에 놀랐는지 고작 10대 후반 정도로밖에 안 보이는 소매치기는 키득거리며 의연하게 군중 속으로 사라졌다. 이어서 지하철로 들어오던 프랑스 사람들이 방금 소매치기 안 당했냐며 걱정해 주었다. 주민들은 흔히 아는 수법인 모양이다. 토끼처럼 놀란 가슴이 벌렁거렸다. 그 놈이 사라지던 순간 시원하게 욕 한번 날려 주지 못해 억울했다. 파리는 유명한 소매치기의 도시가 아니던가. 2015년에 있었던 파리 테러까지 생각하면 사실 파리는 아비장보다 훨씬 무서운 동네였다. 놀란 심장이 쉽게 진정되지 않았다.

아비장에서는 어린애들이 "시누와(중국인)" 또는 "블랑쉬(흰둥이)"라고 놀려 대지만 소매치기를 당한 적은 없다. 전에 2년간 살았던 유럽이 너무 익숙한 바람에 방심했던 것이 실수였다.

그날 저녁 숙소에서 나는 유튜브에서 파리의 흔한 소매치기 수법을 검색하며 소 잃고 외양간 고치기를 하고 있었다. "그래, 그래! 이런 수법이라니까!" 영상을 보며 혼자 욕지거리를 날릴 뿐이었다. 이 일이 있은 후로는 다른 관광지를 다닐 때 목각인형마냥 뻣뻣해졌다.

일주일은 금세 지나 아비장으로 떠나는 날이

되었다. 미국에서 인턴 중인 남편은 샤를 드골 공항으로 나는 오를리 공항으로 향했다. 우리는 공항도 아니고 숙소 앞에서 작별인사를 나눠야 했다. 3개월 전 미국에서 헤어질 때는 그렇게 눈물이 났는데 이번엔 꾸역꾸역 참아 냈다. 나중에 말하길 감정표현이 많지 않은 남편도 택시 안에서 마음으로 울었단다.

오를리 공항에 일찌감치 도착해 한동안 먹지 못할 미국식 자본주의의 맛, 스타벅스 카페라테를 홀짝홀짝 들이켰다. 기분은 울적한데 커피는 맛있었다. 오를리 공항은 집으로 돌아가는 아프리카 사람들로 가득해서 이미 아비장에 도착한 것 같은 느낌이었다.

저녁 9시쯤 아비장 공항에 도착했다. 처음 도착했을 때는 혼자 택시 타기가 무서워 일부러 오전에 내리는 비행기를 탔었다. 당시엔 공항이 아주 어둡고 칙칙하다고 느꼈는데 이제 보니 웬만한 아프리카 국가에서 보기 힘든 준수한 공항이었다. 짐을 찾아 도착장으로 나오는데 심지어 세관도 나를 붙잡지 않았다. 이제 제법 현지인 분위기가 나는가 보다 하고 혼자 흐뭇해했다. 집에 가는 택시를 잡는데 기사가 가격을 두 배나 뻥튀기 해 2만 원을 불렀다. 난 만 원 이상은 안 낸다고 딱 잘라 말했고 신기하게 기사도 바로 수긍했다. 나의 놀라운 협상력에 다시 한번 의기양양해졌다.

닫히지 않는 택시 창문으로 들어오는 축축한 저녁 바람을 온 얼굴로 맞으며 익숙한 길거리를 지나 집에 도착했다. 대문, 안전문, 현관문을 차례로 열고 집 안에 발을 디디자마자 여태 파리에서 잔뜩 쌓아 왔던 긴장과 걱정거리가 쑤욱 내려갔다. 여기가 바로 내 집이었다. 누가 그랬던가, 행복이라는 파랑새는 일상이라는 처마 밑에 둥지를 튼다고.

나는 한국에서보다 행복할까?

코트디부아르에 살아서 행복한 이유

"꼬끼오~ 꼬꼬댁! 꼬꼬댁!"

말 많고 시끄러운 앞집 닭들이 오늘도 어김없이 활동을 개시했다. 흔들흔들 바람에 춤추는 야자수도 흥겹다. 아침부터 옆집에는 아이들이 모여 블랙핑크 노래를 듣고 있다. 아, 신곡이 나왔나 보다. 출근하는 데는 십 분이면 충분하니 느그적 느그적 준비를 시작해 본다.

아비장에 살면 고충이 많다. 고충을 일일이 나열하기 시작하면 사전 한 권이 될지도 모른다. 하지만 나는 한국에서보다 코트디부아르에서 훨씬 행복하다. 비로소 사람같이 사는 기분이다.

한국에서 가장 힘들었던 점은 인권 침해처럼 느껴졌던 잔인한 집단주의와 직장 내 정치였다. 일이 없다면 주말에 출근하지 않고 쉬는 것은 내게 기본적인 권리였다. 원한다면 혼자 점심을 먹는 것도 나의 권리였다. 적어도 월급을 깎을 때는 직원들과 상의하거나 양해를 구하는 것이 내가 생각하는 예의고 존중이었다. 내게는 당연했던 권리와 예의는 어떤 이들에게는 요즘 젊은 애들의 개인주의나 이기주의로 폄하되었다. 직장문화는 강산보다 훨씬 느리게 변하는 것 같다. 절이 싫으면 중이 떠나는 수밖에 없다는 생각으로 난 탈출을 감행했다. 첨벙! 그리고 아프리카로 다이빙.

코트디부아르에서 내가 행복한 이유는 단순하다. 한국에서 나를 고달프게 하던 원인을 통째로 도려냈기 때문이다.

나는 여기서 오후 5시에 퇴근을 한다. 금요일은 오전 근무만 하기에 오후 2시에 퇴근한다. 주말이 거의 2.5일인 셈이다. 물론 중요한 일이 있을 때에는 가끔 주말 출근도 한다. 하지만 이는 당연한 일이 아니라 책임감 있는 태도로 여겨진다. 퇴근 후에는 사무실 동료들과 함께 헬스장에서 운동을 한다. 땀 흘리는 게 이렇게 즐거운 일이었나 새삼 깨달았다. 간단히 장을 봐서 집에 오면 대략 저녁 7시쯤. 맥주와 와인을 곁들인 저녁을 먹으면서 책을 읽고 넷플릭스를 보면 하루가 평화로움 그 자체다.

리더십 있고 합리적인 상사 밑에서 일을 배우며 성장하는 것도 큰 장점이다. 직장이 제시하는 비전과 미션에 공감하고, 함께 문제를 해결하려 노력하는 것이 즐겁다. 주말에 일하는 것을 당연한 게 아니라 감사히 여겨주는 상사여서 행복하다. 직장동료들과 함께 장래와 꿈을 공유한다. 1년에 휴가가 30일이니 해외여행을 다녀와도 며칠 쉬다가 여유 있게 출근한다. 사무실이 가까우니 서둘러 새벽같이 일어날 일이 없다. 보통 일주일에 3일 정도 자유롭게 재택근무가 가능하고 아프면 아픈 만큼 병가를 쓸 수 있다.

수탉 소리에 깨어 아침에 창문을 열면 쨍한 햇빛이 거리를 비추고 야자수 나무가 흔들흔들 바람에 춤을 춘다. 커다란 망고 하나에 오백 원. 어찌나 단지 망고랑 샤인머스켓을 섞은 맛이다. 비로소 과일의 여왕이라는 망고의 명성을 이해하게 된다. 잘 익은 파파야의 배를 갈라서 검은 씨를 파내고 백향과(Passion fruits)를 얹어 먹으면 새콤달콤 입맛이 돈다. 집 앞 빵집에는 방금 만든 따끈따끈한 바게트가 300원인데 곱게 찢어서 버터를 바르면 아주 환상적이다. 술값도 저렴하다. 남아프리카공화국과 프랑스의 괜찮은 와인을 4~5천 원 정도면 살 수 있다. 와인 한 잔을 카망베르 치즈와 같이 홀짝홀짝 들이켜다 보면 한 주도 가기 전에 금방 한 병이 빈다. 주말 아침 느지막이 일어나 커피를 마시며 창밖을 내다보다가 지금 내 인생에 근심이 하나도 없음을 문뜩 알아챘다. 난 아프리카에서 행복하다.

원더우먼이 꿈은 아닌데요

일과 삶을 양립한다는 것

스위스에서 교환학생으로 공부하고 있을 때 처음으로 국제기구에서 일하는 꿈을 꾸기 시작했다. 제네바 UN유럽본부를 견학하고, 모의 UN회의도 참가하면서 막연히 국제기구가 멋지다는 환상을 키웠다. 그 무렵은 반기문 전 UN 사무총장의 임기 시기이기도 해서 한국에서도 국제기구 취업에 많은 사람이 관심을 가지기 시작했다. 국제기구 직원의 인생과 경력이 어떨지 감히 상상도 하지 못한 채 말이다.

처음 UN에 문을 두드렸던 건 제네바 모델 유엔회의를 막 마쳤을 때였다. 제네바 UN 한국 대표부로 지원서를 보냈는데 몇 주가 지나도 아무런 답장이 없었다. 무슨 용기인지 난 혼자서 씩씩하게 한국 대표부를 찾아갔다. 지금도 기억나는데, 대표부의 건물 입구는 미사일 폭격을 대비한 듯한 철통 대문으로 막혀 있었다. 나를 가로막은 그 거대한 벽이 어떤 메세지를 던지는 듯했다. "인사담당자를 만나러 왔어요!"라고 요청했더니 의외로 문이 열리고 곧 인사담당자분이 나왔다. 그는 내 이력서를 받았지만 지금은 인턴고용 계획도 없고 나는 영어 점수도 제출하지 않았기에 진작 거절했는데 답장을 받지 못했느냐고 되물었다. 나는 영어점수는 없지만 제네바에서 영어로 수업도 듣고 성적도 좋아 근무에 지장이 없다고 호소했지만 그는 여전히 앵무새처럼 안 된다는 말만 반복했다. 잔디가 잘 다듬어진 한국 대표부의 마당을 힘없이 터덜터덜 걸어 나오면서 눈물을 찔끔 흘렸다. 그리고 여긴 아니지만 언젠가 UN에서 일하고 말 거라 다짐했다.

돌이켜 생각해 보면 그 인사담당자가 좀 냉정하지 않았나 하는 생각이 든다. 사무실까지 직접 찾아온 열정적인 어린 학생에게 무조건 안 된다고 하기보다 따뜻한 조언이라도 건네 줄 순 없었을까.

공여기관 취업을 준비하며 가장 서러웠던 건 여성이 많이 일하는 분야라 오히려 여성이 받는 차별이 있다는 점이다. 한 국내 공여기관의 필기시험에 합격했다. 공개채용 최종면접에 온 후보자 40명 중 약 7~8명이 채용될 예정이라고 했다. 강당에 모여 면접 차례를 기다리는데 굳이 손가락까지 동원해서 세지 않아도 얼마나 남자 후보자가 희귀한지 알 수 있었다. 그 강당에 있었던 최종후보자 40여 명 중 단 4명만이 남자였다. 최종발표에서 불합격 통보를 받은 후 합격자 단체사진을 보고 남자는 모두 합격한 것을 알게 되었다.

듣자 하니 현직자 사이에서도 "남자는 주어 목적어 서술어만 순서대로 말해도 합격한다"와 같은 소문이 돈다고 한다. 나는 실제로 다대다 면접에 남성 지원자와 함께 들어갔었는데, 면접관들은 남성 지원자에게만 질문을 연거푸 쏟아 냈고 심지어 잡담까지 하며 화기애애한 분위기를 연출했다. 여성이 많은 분야에서 여성이 받는 차별을 여실히 느낄 수 있었다. 여성으로서 살아남기 위한 방법은 단 하나였다. 다른 지원자와 비교가 안 될 정도로 특출나게 뛰어난 인재가 되는 것이다.

경력의 시작도 그렇지만 계속하는 것도 여간 쉽지 않다. 30대가 된 나는 일하는 여성으로서 큰 고민거리가 있는데 "도대체 국제기구의 여성들은 어떻게 일과 가정을 양립하는가" 하는 문제다. UN 직원들은 적어도 4~5년에 한 번씩 다른 나라로 이동한다. 보통 남자 직원은 아내, 아이들과 함께 다음 근무지로 터전을 옮긴다. 여성 직원은 이야기가 다르다. 남편도 보통 일을 하니 부부는 떨어져 지내기 일쑤다. 지구 반대편에 가족이 있는 경우도 많고 일 년에 몇 번 만나면 다행이다.

임팩트풀(Impactpool)*에서 전현직 UN P레벨(international staff) 직원 1,700여 명을 대상으로 설문조사(2017)를 실시했다.** 응답률은 약 10% 정도라 충분한 대표성을 갖기에는 어려움이 있지만 꽤 흥미로운 결과가 나왔다. 40대 이상의 직원 중 자녀가 있는 여성은 45.7%였던 데 반해 남성은

---

* 임팩트풀은 국제기구 전문 커리어 플랫폼이다.

** Henrik Ryden, *Impactpool White Papers: Are women paying a higher price for a UN career?*, 2017.

84.3%에 달했다. 이혼율, 미혼율, 비혼율은 남성 직원보다 여성 직원에게서 훨씬 높게 나타났다. 또한 가족을 이유로 퇴사하는 여성 직원의 비율이 남성 직원보다 높았다. 이 설문은 일을 계속하기 위해 여성이 남성보다 얼마나 많은 비용을 지불해야 하는지를 보여 주었다.

이는 내가 UN에서 보낸 지난날을 뒤돌아보아도 상당히 설득력이 있다. 독일 국제연합대학교(UN대학교)에서 보낸 6개월, 아비장 UNEP에서 보낸 2년, 그렇게 총 2년 6개월을 되돌아보아도 기혼 여성이 가정과 일을 조화롭게 양립하는 좋은 예를 단 한 명도 만나지 못했다. 독일에서 만난 여성 동료들은 20대부터 30대 후반까지 다양했지만 모두 미혼이었고, 아비장 여성 동료들도 미혼이거나 이혼했거나 결혼 후 어떤 이유로든 오래지 않아 일을 그만뒀다. 물론 일과 가정을 모두 챙긴 원더우먼 같은 그녀가 전 세계 국제기구의 어딘가엔 존재할 거다. 아직 만나지 못했을 뿐. 그만큼 확률이 낮다는 뜻이다.

잦은 근무지 이동 외에도 여성들이 일을 계속하기 힘든 원인에 매우 잦은 출장이 있다. 물론 직종마다 차이가 있어 자주 출장을 가는 사람도 그렇지 않은 사람도 있지만 P레벨 직원은 출장이 빈번하다. 옆 사무실에는 한 달 동안 4개국으로 출장을 가는 사람도 있었다. 매주 다른 나라로 떠나는 것이다. 웬만한 체력으로는 소화하기 힘든 스케줄이다. 사무실에 일상 업무는 쌓여 가는데 출장으로 인한 추가적인 일은 알아서 잘 해내야 한다. 가정도 알아서 잘 챙겨야 한다. 그야말로 원더우먼 같은 초인적인 존재가 아니라면 불가능한 일이다.

한 번은 나이로비 본부에서 UNEP의 고위급 관료가 아비장을 방문했다. 아비장 직원들이 함께 하는 내부회의에서 나는 그녀에게 어떻게 일과 가정이라는 두 마리 토끼를 잡았는지 조언을 구했다. 그녀는 아주 좋은 질문이라고 기뻐하며 자신은 아이들이 자라는 동안 미국 워싱턴 D.C.에 위치한 세계은행에서 근무해서 좀 더 수월했다고 대답했다. 상대적으로 출장이 적은 세계은행 같은 곳은 UN보다 나을 거라며 말이다. 형식상 고개를 끄덕이긴 했지만 세계은행에 취직하는 것이 일과 가정을 양립하는 것보다 쉬운 일인지 정확한 판단이 서지 않았다.

친구 알리슨은 같은 사무실에서 일하는 프랑스인이다. 그녀는 두바이에서 일하는 벨기에인 남자 친구와 3년째 장거리 연애 중이다. 두 사람은 몇 년 내로 결혼을 계획하고 있는데, 함께 살 수 있는 제3의 도시를 찾지 못해 결혼에 진척이 늦다. 일 년에 두세 번씩 서로를 방문하며 귀여운 연애를 계속하는 한 쌍은 어떻게든 잘 되겠지, 긍정적으로 생각 중이다. 이따금 찾아오는 걱정인 "결혼을 해도 둘 중 한 사람이 좋아하는 일을 찾을 수 없어 불행하다면 어쩌지"는 우리의 주된 안주거리다.

나는 코트디부아르에서 일하는 중에 결혼을 했다. 약 3년을 함께한 남자친구는 전형적인 공대생으로, 표현은 서툴지만 입력값대로 임무를 잘 수행하는 좋은 사람이다. 나는 아비장으로 떠나기 전 결혼 준비를 어느 정도 마친 상태였다. 물론 딱히 계획적이지도 못하고 결혼에 환상도 없어 단 한 군데 보고 예약한 결혼식장이 준비의 다였지만 말이다. 그리고 아비장에서 근무를 시작한 지 8개월 만에 3주간의 휴가를 받아 한국에서 결혼식을 치렀다. 신혼여행지는 다름 아닌 강릉. 우리는 코트디부아르와 한국이라는 9시간의 시차와 19시간의 비행 거리를 두고 장거리 신혼생활을 시작했다. 앞으로 우리가 어떻게 될지는 잘 모르겠다. 다만 고민만 계속하기보다 잘 되겠지 긍정적으로 남으려 노력 중이다. 난 일을 계속하고 싶지만 행복한 가정도 포기하고 싶지 않다. 내가 국제기구에서 일을 계속할 수 있을지 모르겠다. 다만 일단 이 길을 가 볼 뿐이다. 알리슨과 나의 공통적인 결론은 딱 하나다.

아무래도 UN에서 오랜 기간 일할 수는 없겠다(해선 안 되겠다).

어느 건물 관리인의 죽음

장, 그리고 이 세상의 모든 장을 위하여

처음 이 아파트에 이사 왔을 때 가구를 옮기는 것부터 정착하는 모든 과정을 도와준 건물 관리인, 장(Jean)이 있었다. 서른 살인 그는 덩치가 큰 편은 아니었지만, 아주 까맣고 윤기 나는 건강한 피부를 가졌다. 365일 아파트 앞 작은 경비실 같은 곳에서 숙식을 해결하며 주민들의 자질구레한 일을 대신 처리해 줬다. 이사 후에도 거의 3주 동안 가스레인지만 있고 가스가 없어 요리를 못한 나를 위해 동네 시장에서 가스통을 구해 준 이도 그였다. 수도세나 전기세를 내는 귀찮은 일도 대신해 주었다. 아침에는 주민들 차를 닦아 주고

천 원, 이천 원의 팁을 받았다. 나는 못하는 게 있으면 뭐든 장을 찾았다.

아침저녁으로 우리는 서로 안부를 물었고 농담도 주고받았다. 처음엔 "왜 너희는 다 똑같이 생겼어?" 같은 그의 장난에 기분이 상한 적도 있었다. 하지만 휴일도 없이 일하며 내가 부탁하는 일을 거절하지 않는 성실한 모습에 조금씩 마음이 갔다. 집안일을 도와줄 때 조금씩 팁을 줬는데 한사코 거절해서 억지로 쥐여준 적도 있었다. 어느 날인가 퇴근길에 바게트를 사서 들어가는데 그가 장난을 쳤다.

"저번에 케이크 맛있었는데 또 사 주세요."

"생일이 언제예요? 생일에 케이크 사 줄게요!"

"벌써 지났는데 왜 안 사 줬어요? 8월인데?"

"그건 작년이잖아요! 올 8월에 생일 되면 사 줄게요."

현지인이 너무 당연하게 나에게 뭔가 요구를 하는 건 기분이 썩 좋진 않다. 너는 부자니까 더 내는 게 당연하다고 한다. 길거리에서 구걸하는 사람에게 천 원을 주면, 한술 더 떠서 더 달라고 요구하는 일도 흔했다. 하지만 나는 장이 진짜 케이크를 원해서라기보다는 그저 나에게 말을 거는 게 좋아서라는 걸 알고 있었다.

그가 24시간 상주하는 경비실은 겨우 다리를 펴고 누울 만한 작은 방이었다. 화장실이 없어서 근처 수풀에서 일을 보았다. 손바닥만 한 작은 창문으로 밤하늘을 내다보다 열대야로 더운 날에는 방에서 나와 시멘트 바닥에 자리를 펴고 누웠다. 까만 밤하늘이 그의 지붕이 되어 주었다. 그는 공부하는 게, 학교 가는 게 정말이지 제일 즐거웠다고 했다. 집이 가난하지 않았다면 공부를 계속해서 대학교에도 가고 싶었다. 그래서 변호사가 되고 싶었다. 중학교밖에 졸업하지 못했지만 언젠가 다시 공부를 하려 돈을 모으고 있었다. 가끔은 변호사라는 꿈과 건물 관리인이란 현실 사이의 괴리가 그를 잠들지 못하게 괴롭혔다. 올해는 그의 딸아이가 태어났다. 딸아이의 사진을 하루에도 몇 번씩 열어 보면서 그리워했다.

하루는 아침에 출근하며 경비실 앞에 앉아 있는 장에게 인사를 건넸는데 듣지 못한 것인지 아무 대답 없이 멍하니 있었다. 다음 날도 인사를 건넸는데 얼굴이 완전 넋이 나간 듯했다. 장의 여동생에게 무슨 일인가 물어보니 그가 아프다고 했다. 고용인인 집주인이 그를 병원에 보냈는데 의사는 말라리아라고 진단하고 약을 처방했다. 하지만 3~4일을 아무것도 먹지도 마시지도 못하더니 아예 일어나지 못할 지경이 되었다. 5일째쯤 되는 날인가 여동생이 장의 짐가방을 싸고 있었다. 내가 먹던 비타민을 잔뜩 싸서 같이 챙겨 줬다. 입원을 하면 한 달에 2백만 원 정도가 드는데, 돈이 없으니 전통 요법인지 주술 같은 것으로 치료하는 마을에 그를 보낸다고 했다.

그가 떠나고 바로 이튿날 그가 세상을 떠났다는 소식을 들었다. 서른 살의 젊고 건강한 남자가 아픈 지 일주일 만에 생긴 일이었다. 부고를 전해 들은 바로 다음 날, 집주인이 사람을 시켜 장이 머물고 있던 경비실을 청소하고 있었다. 남아 있던 장의 물건을 정리해 가족들에게 보내 준다고 했다. 집주인은 다음 주면 새로운 건물 관리인이 올 거라고 말했다.

나는 코트디부아르에 오고 한 달에도 몇 번씩 부고 소식을 듣는다. 이렇게 사람이 쉽게 죽을 수 있다는 것을 처음 알았다. 죽음이 도처에 가득한 것도 가난과 저개발의 탓이었다. 한국인 친구가 아비장에서 자동차 보험을 드는데 차량 손괴에는 보험금액이 아주 큰 데 비해 인명피해나 상해에 대해서는 보상금액이 아주 작단다. 이곳에서는 사람의 가치가 자동차보다 낮은 것이다.

나는 새로운 건물 관리인과 필요 이상의 대화를 하지 않게 되었다.

코트디부아르의 물가는 왜 유럽보다 비쌀까?

내 한 끼 식사가 누군가의 월급과 같다면

"알리슨! 아비장은 왜 이렇게 물가가 비싸?"

정말로 의문이었다. 내가 아비장에서 경험하는 거의 모든 서비스는 선진국에 비해 질은 낮은데 가격이 더 높다. 그러니 체감 비용은 내는 돈보다 훨씬 크게 느껴진다. 아비장은 아프리카개발은행(AfDB) 본부와 유엔기구, 대사관이 위치해 있는 데다가 상업 중심지이다 보니 타 지역에 비해 자연스럽게 물가가 비쌀 수밖에 없다. 게다가 공산품은 국내에서 생산되지 않고 대부분 수입에 의존하니 가격이 비쌀 수밖에. 알리슨은 초등학교 때부터 아비장에서 국제학교를 다니며 자란, 현지 사정에 밝은 친구다. 잠시 고민하더니 그녀가 답했다.

"음… 여러 가지 이유가 있겠지만 나는 천연자원 때문인 거 같아."

"네덜란드 병 말하는 거야?"

네덜란드 병(Dutch Disease)은 주로 자원 부국이 자원의 수출로 인해 일시적으로 경제 호황을 누리지만 결국 물가와 통화가치 상승으로 인해 국내 제조업이 쇠퇴해 경제 침체를 겪는 현상을 의미한다. 자원의 저주라고도 부른다. 그도 그렇다. 많은 아프리카 국가들이 석유, 천연가스 수출에 의존적인 경제구조이다. 특히 서아프리카에서는 다이아몬드, 금, 복사이트(알루미늄을 만드는 원광)가 많이 난다. 코트디부아르도 과거 다이아몬드 생산을 둘러싼 내전을 겪었다. 현재는 초콜릿의 원료인 카카오의 전 세계 생산량 41%를 공급하는데 이는 코트디부아르 총수출의 40%, GDP의 10%를 차지한다.

하지만 달콤한 성장에는 부작용이 있었다. 오랫동안 한 가지 작물에 의존도가 지나치게 높아 다른 산업에 대한 개발과 투자가 미흡한 것이다.

아시아에서도 인도네시아, 말레이시아, 브루나이가 원유를 수출하지만 물가 수준은 코트디부아르보다 저렴하다. 심심한 어느 날 혼자서 전 세계 주요도시의 물가를 데이터로 시각화해 보았더니 아비장을 기준으로 코트디부아르는 남아프리카공화국, 알제리, 모로코, 이집트보다 물가 수준이 더 높았다. 심지어 한국, 일본, 미국, 프랑스와 비슷한 수준으로 나타났다.

체감하기에도 이곳 물가는 유럽만큼이나 비싸다. 유럽 중에서도 비싸기로 손꼽히는 파리와 비슷하게 느껴진다. 물론 현지 사람들 기준이 아니라 내가 이용하는 다소 현대적인 서비스를 기준으로 말이다. 코트디부아르의 법정 최저임금은 한 달 기준 6만 5천 세파프랑(약 13만 원)이다. 한 사람이 최저임금을 받는다고 가정하면 하루에 평균 4천 원으로 산다는 뜻이다. 이들과 외국인들이 이용하는 서비스 간에는 큰 차이가 존재한다. 특히 먹거리가 비싸다. 이탈리아 레스토랑에서 남편과 식사하면 대략 6~7만 원이 든다. 애피타이저나 디저트, 와인을 시키면 거의 한 사람당 십만 원이 나간다. 내 한 끼 식사가 레스토랑 웨이터의 한 달

월급인 셈이다.

처음엔 가격을 보고 깜짝 놀라서 외식을 자주 못 하겠구나 생각했다. 15년 전 스위스에서 교환학생으로 공부를 할 때에 5천 원짜리 자판기 커피에 어찌나 충격받았는지! 하지만 쉬는 시간에 한 번씩 뽑아 마시던 그 커피에 금방 적응해서 5천 원을 마치 5백 원처럼 쓰게 되었다. 아비장에서의 문제는 비싼 돈 주고 맛이 좋으면 그나마 다행인데 맛이 형편없을 때도 많았다는 것이다. 자연스럽게 외식은 일주일에 한 번으로 줄이고 집밥 능력 개선에 힘쓰게 되었다.

아비장의 행정지구인 쁠라또의 한 카페에 갔다. 웬 전자상가 안에 작은 카페가 들어서 있는데 커피 한 잔을 한화 6,000~7,000원에 팔았다. 고급 원두로 핸드드립 커피를 만들어 준다면 이 가격을 이해하고 넘어갈 수 있다. 하지만 그저 평범한 에스프레소 커피였다. 너무 가격을 의식하면 아무것도 못 사고 못 먹는다. 그냥 써야 한다. 버는 돈은 얼마 안 되지만 아비장에서 나는 부자처럼 사치하고 산다.

슈퍼마켓에서도 코트디부아르 국내산은 저렴

하고 수입산은 비싸다. 이곳에 온 후로 현지에서 나지 않는 브로콜리와 버섯은 거의 사 본 적이 없다. 가격이 비싸기도 하지만 굳이 유럽에서 아비장까지 탄소를 잔뜩 배출하며 운송된 채소나 과일을 사고 싶지 않아서다. 물론 코트디부아르산만 먹고 살기는 힘들다. 많은 경우 어쩔 수 없이 유럽산 제품을 소비하게 된다. 심지어 빵집에서 '프랑스 빵'이라고 이름만 붙여도 일반 빵보다 서너 배는 가격이 더 비싸진다.

세계 어느 나라를 가더라도 그 나라의 부자들이 즐기는 상급의 서비스는 비쌀 수밖에 없다. 코트디부아르에는 양극단의 서비스만 존재한다. 바로 현지인이 이용하는 저렴한 곳, 외국인과 부자들이 이용하는 고급스러운 곳이다. 특히 고급 식당의 경우 대부분 프랑스인이나 레바논인이 투자하여 운영하기 때문에 가격이 유럽 수준이다. 양극단의 중간 서비스가 없다. 중산층이 두텁지 않기 때문일 거다. 물론 현지인이 가는 저렴한 식당에 가서 먹을 수도 있다. 실제로도 가끔 이용하지만 보건 및 위생 측면에서 심히 우려가 되는 건 사실이다. 그래도 난 현지식을 아주 좋아하기 때문에 안 아프길 기도하면서 종종 먹는다. 같은 사무실에 근무하는 유럽인 동료들은 일반 현지식당에서 절대 식사를 하지 않는다. 아마도 몇 번 끔찍한 설사와 식중독 같은 고통을 겪고 나면 그렇게 되는 듯싶다.

같은 사무실에서 근무하는 토고 출신 인턴 요비가 '검은 시장'이라고 부르는 곳에 가면 저렴한 식사를 할 수 있다고 했다. 요비를 따라가 점심을 먹고 싶었는데 그는 한사코 나를 데려가지 않으려 했다. 나 같은 외국인은 현지시장에서 밥을 먹을 수 없다고 말이다. 하지만 그를 조르고 졸라서 기어코 검은 시장에 따라가는 데 성공했고 곧 그 깊은 뜻을 이해하게 되었다. 포장마차 같은 시장 구석에 쪼그려 앉아 동네 사람들과 옹기종기 모여서 식사를 하는데 그들이 얼마나 나를 신기하게 쳐다보는지. 알로꼬(튀긴 식용 바나나)와 삶은 계란에 매운 토마토 소스를 모두 합해도 천 원이다. 심지어 파는 아낙이 삶은 계란을 직접 까 준다. 위생상태가 조금 걱정은 되었지만 일단 맛은 일품이었다.

난 입맛이 저렴해서인지 웬만한 이탈리아 레

스토랑에서 사 먹는 파스타보다 현지 음식이 더 잘 맞았다. 그래도 점심에 천 원을 쓰면 아주 어렵지는 않은 사람들이다. 택시 기사들은 대부분 2백 원짜리 구운 바나나 하나로 점심을 때웠다.

우리 집 가사도우미인 안은 2~3평 정도 하는 아주 작은 방에서 두 아이와 함께 사는데 월세가 6만 원이다. 그녀가 사는 도시 빈민가 지역은 비용이 저렴하나 치안과 위생 등의 문제로 외국인이 사는 건 거의 불가능하다. 게다가 최저임금 기준 월급의 절반이 월세로 나가니 이마저도 싸다고는 할 수 없다. 최저임금만 벌어서는 저축은 고사하고 적자 안 내고 살기도 빠듯할 테니 말이다. 새 학기가 시작하면 그녀는 항상 등록금이 부족해 첫 달에 아들을 먼저 학교에 보내고 다음 달에 겨우 돈을 모아 첫째 딸을, 그다음 달에 둘째 딸을 보낸다고 했다.

합승택시인 워로워로를 타면 웬만한 거리를 가도 천 원 이상 나올 일이 없다. 한 번에 2~4백 원 정도를 내고 타는데 다만 청결함과 신속함은 포기해야 한다. 합승하는 승객 중에 이상한 사람이 있다면 꽤 험한 일도 각오해야 한다. 작은 버스인 바카를 타면 이보다도 더 싸다. 요비는 합승택시를 타고 출퇴근을 하는데 혼잡한 시간대에 움직이니 종종 집에 돌아갈 때 세 시간이 넘게 걸린다고 했다. 가끔 퇴근한 그와 통화를 하면 이미 퇴근길에 지칠 대로 지쳐 버린 터라 제대로 된 대화가 힘들었다.

이런 양극화 문제는 아프리카의 소득계층을 살펴보면 조금 더 이해할 수 있다. 아프리카의 중산층이라고 할 수 있는 중저소득층(하루 소득 4~10$)과 중고소득층(하루 소득 10~20$)은 전체인구의 약 14%밖에 되지 않는다. 전체인구의 60%는 하루에 2$ 이하로 버는 빈곤층이고, 20%는 언제든 빈곤층으로 떨어질 수 있는 차상위 계층이다. 자연스럽게 비즈니스 구조는 다수인 80%의 빈곤층 대상 사업과, 고소득층인 상위 6% 대상 사업으로 양극화된다. 상위 6%는 인구는 적지만 구매력이 강하고 최상위 재화 및 서비스 외에는 다른 중저가의 대안이 없으므로 자연스럽게 이를 소비하게 된다.

물론 이 외에도 수많은 요인이 물가에 영향을 미친다. 내가 한 끼 저녁식사에 자신들의 월급을 쓰는 걸 보면서 이곳 웨이터들은 무슨 생각을 할까? 일을 더 열심히 해서 언젠가 부자가 되고 싶다는 꿈을 꿀까? 아니면 지레 그 꿈마저도 단념할까? 한 한국인 선교사가 해 준 이야기가 생각난다. 이따금 선교사가 일하는 비영리 단체를 통해 아프리카 아이들을 한국에 1~2주간 초청하는 행사가 있다고 한다. 어떤 아이들은 한국여행 후 집에 돌아와 한동안 잠을 이루지 못한다고 한다. 한국의 모습이 눈앞에 너무 아른거려서. 그리고 지금 자신의 형편과 괴리가 너무나도 커서.

코로나 바이러스의 민낯

아프리카가 이 역경을 잘 이겨 내기를 바라며

"진짜 그 바이러스가 무서워서 그러는 거야? 난 그런 바이러스 따위 하나도 무섭지 않아!"

안이 깔깔대며 웃었다. 아무리 이게 위험한 상황이고 남편이 자가격리 중이니 조심해야 한다고 말해도 마찬가지였다. 미국에 취직한 남편은 비자 준비로 인해 졸지에 몇 달간의 휴가가 생겼고, 그 틈을 타 유럽여행 후 아비장을 찾았다. 안은 일주일에 두 번씩 우리 집을 청소하러 왔다. 남편이 독일에서 돌아와 2주 동안 격리 중이니 한동안 일을 쉬라고 문자를 보냈는데 미처 확인을 못 하고 찾아온 거였다. 코트디부아르의 오랜 내전과 지독한 말라리아에도 수십 번 살아남았을 그녀에게 코로나 바이러스 따위는 한 줌 걱정거리도 되지 않는 듯했다.

남편의 자가격리가 끝나면 다시 일을 맡길 생각이었는데, 재택근무가 시작됨과 동시에 출퇴근하는 가사도우미를 고용하지 말라는 지시가 떨어졌다. 그만큼 조심 또 조심을 강조하는 사무실 지침이었다. 집 청소를 스스로 안 한 지 1년이 훨씬 넘었는데 눈앞이 캄캄해졌다. 이놈의 바이러스가 날 다시 가사노동의 세계로 복귀시킨다. 결국 3개월간 안은 일을 쉬어야 했고 나는 청소와 설거지 능력을 회복해야 했다.

하지만 어려운 시기일수록 여윳돈은 필수이니 나는 유급휴가라 생각하고 계속 그녀에게 월급을 지급했다. 안의 월급날인데 초인종이 울려 문을 열었더니 그녀가 꼬맹이 두 명과 함께 서 있었다. 나는 익히 들어 알고 있었다. 나오미와 줄리엣. 안의 귀여운 딸들이었다. 딸들의 행차까지는 예상을 못 했던 터라 꼬락서니를 잘 갖추고 있을 걸, 후회했다. 왠지 나중에 시간이 흘러서도 줄리엣과 나오미에게 '그 예쁜 이모'로 기억되고 싶었다. 얼마

전까지만 해도 그런 바이러스 따위를 두려워하냐며 한참이나 깔깔대고 비웃었던 그녀가 아닌가. 하지만 이번에는 뭔가 달랐다. 그녀는 애써 근심스러운 얼굴을 감추며 물었다.

"이 바이러스가 다 지나가면 다시 일해도 되는 거야?"

나름 유급휴가임에도 불구하고 혹시라도 이 바이러스를 계기로 일자리를 잃을까 봐 초조한 모양이었다. 그녀를 꼭 닮아 똘망똘망한 두 꼬맹이도 내 눈치를 보는 게 느껴졌다. 사실 직접 청소를 하다 보니 집이 그렇게 큰 것도 아니고 할 만하네 하는 생각이 든 것도 사실이다. 콩알만 한 집이라 일주일에 한두 번만 부지런을 떨면 대단히 깨끗한 정도는 아니더라도 현상유지는 가능했다.

"당연하지. 난 너 없으면 안 돼. 우리 집 지금 아주 난리 났어."

내 말에 그녀는 안심한 얼굴로 월급을 받아 돌아갔다. 너 없으면 안 된다는 말 한마디가 그녀의 고용보험이었다.

2020년 3월 말, 우리 사무실 직원 모두가 재택근무로 전환했다. 정부에서도 사회적 거리두기

정책을 도입하며 학교는 한 달간 휴교하고, 상점과 레스토랑도 강제 휴업에 들어갔다. 길거리에서 사람들의 불안함이 느껴졌다. 일요일에 마트에 가니 계란, 베이컨 등 몇몇 품목이 동나고 없었다. 곧 정부가 사람들의 이동을 금지하는 강력한 대책을 내놓을 거라는 소문이 돌기 시작했다.

내가 두려운 것은 기껏해야 집 청소를 직접 해야 한다거나, 봉쇄정책 때문에 냉장고가 텅 빈다거나, 초콜릿이나 아이스크림을 못 먹는다거나, 갑자기 물이 안 나와 머리를 못 감는다거나, 계획한 여행을 미뤄야 한다거나 하는 것들이다. 일상생활에 불편함이 좀 생기는 것뿐이다. 현지 사람들에 비하면 정말 아늑한 고민이었다. 하지만 이 아늑한 아파트 밖 아비장에서는 안처럼 바이러스로 잠 못 이루는 이들이 도처에 있었다. 코로나가 낸 상처에 소금을 뿌리는 격으로 보건위기가 다른 위기로 이어질지도 모른다.

미국에서도 바이러스가 급속도로 퍼지는 가운데 총기 구매가 사상 최대치를 기록했다는 기사를 보았다. 사람들이 소방, 경찰, 의료 조직의 문제로 치안이 무너질 때를 대비하여 총기를 산다는 것이다. 선진국 사람들이 총기 구매, 휴지와 먹거리 사재기라는 보이지 않는 두려움과 씨름할 동안 아프리카 그리고 코트디부아르의 가난한 사람들에게 두려움은 현실이 되고 있었다. 안 같은 사람들은 바이러스로 아픈 것이 두렵지 않았다. 아프리카에서 코로나 바이러스는 전혀 다른 얼굴을 하고 있다.

2020년 4월. 확진자 수가 급증하자 코트디부아르 정부가 아비장 요푸공(Yopougon)에 코로나 바이러스 검사소를 짓기 시작했다. 요푸공은 아비장에서도 가난한 사람들이 사는 지역이다. 불안한 민심이 요동쳤다. 도화선에 불을 댕긴 격이었다. 동네 사람들의 데모가 폭동으로 번졌다. 성난 군중들은 검사소 앞에 방어벽을 치고 불을 질렀다.

"유럽에서 바이러스를 들여온 건 마코리(Marcory)와 코코디(Cocody)에 사는 부자들이다! 요푸공에 왜 검사소를 짓나!"

시위대는 소리쳤다. 밤 사이 경찰은 폭동에 가담한 스무 명을 체포했다. 아비장 내의 빈부격차와 그로 인한 갈등이 터져 나왔다. 폭동에는 가짜뉴스도 한몫을 했다. 검사소를 치료소라고 가장

한 가짜뉴스가 퍼졌기 때문이다.

아비장의 좋은 의료시설은 모두 사립이다. 외국인은 대부분 레바논인이나 프랑스인이 운영하는 사립병원에서 치료를 받는다. 공공부문은 아예 딴 세상 이야기다. 코로나 사태를 계기로 공공병원 의료진들은 처우개선을 요구하며, 방호복과 마스크를 지급하지 않으면 파업을 강행하겠다는 성명을 발표했다. 아비장이 봉쇄되자 지방과 아비장 간의 통행이 멈췄다. 버스운송회사는 한 달 동안 기사들을 해고했다. 코트디부아르의 실업률이 25%에 이를 수 있다는 기사가 나왔다. 길거리의 동양인을 '코로나'라고 부르며 공격하는 동영상이 나돌았다. 주술사 복장의 현지인이 길거리 행인들을 마구 채찍질하는 영상도 퍼졌다. 유엔 보안팀에서도 외국인을 대상으로 한 절도 및 강도에 특히 주의하라는 방침이 내려왔다. 외출 시 차 안에서 나오지 않고 되도록 집에 머물도록 권고했다.

내전 직후 선출된 와타라 대통령이 헌법에 금지된 3선 출마를 하겠다고 발표했다. 여든이 다 된 노장이 장기 독재에 한 걸음 더 다가서자 온 나라가 시끄러워졌다. 와타라 대통령은 반대세력 제거를 시도했다. 그는 전 국회의장인 기욤 소로가 유럽에서 코트디부아르로 돌아오는 비행기에 있을 때 횡령 혐의로 구속명령을 내렸다. 소로는 용케 비행기를 돌려 스페인으로 돌아갔고, '정치적 망명' 상태다. 시내 여기저기서 격한 시위까지 번졌다. 아직도 코트디부아르가 포스트 내전의 정치적 프레임에서 벗어나지 못했음을 보여 주는 사건이었다.

코로나 바이러스는 코트디부아르의 여러 사회정치 문제가 폭발할 수 있는 빌미를 제공했다. 이 상황은 중저소득국인 코트디부아르가 앞으로 다뤄야 할 사회경제적 문제를 돋보기처럼 보여 줬다. 더 이상 최빈국의 개발프레임으로는 발전하기 어렵다. 바이러스는 종식될 것이고 우리는 그다음 세상을 살아가야 한다. 빈부격차가 첫 번째 과제다. 성장보다 개발의 관점에서 다양한 분야의 사회적 안전망을 확대해야 한다. 부를 위한 성장이 아니라 모두를 위한 개발이 되어야 한다. 이웃국가 가나가 보여 주었듯 평화적 정권 이양을 이뤄내야 민주주의 국가로서 국제적 투자와 원조유치에 중요한 기반을 닦을 수 있다.

우리의 할 일은 각자 주변의 어려운 사람을 돌아보고 보살피는 것이다. 일전에 한 워크숍에서 만난 코트디부아르 공무원이 이런 얘기를 했었다. 우리는 가난한 가족뿐만 아니라 온 마을을 돌봐야 한다고. 이곳에선 나름 고연봉 샐러리맨 축에 끼는 우리 사무실 직원들이 항상 돈이 없는 이유를 알 것 같다. 그들은 주변에 돌볼 이가 많다. 여전히 안은 일을 못 하지만 난 그녀에게 월급을 줄 생각이다. 10만 원 조금 안 되는 돈이지만 이 시기에는 나보다 그녀에게 더 큰 효용이 있기 때문이다. 나는 재택근무 중이지만 만일 아파서 일을 쉬더라도 UN시스템 아래 보호받는다. 미국 대기업에 취직한 남편은 코로나 문제로 미국에 가지 못하고 심지어 재택근무도 안 하지만 평소와 같은 월급을 받고 있다. 나를 위해 일하는 사람에게도 동일한 안정감을 주고 싶었다.

"Be safe, be smart and be kind."

UN 사무총장 안토니오 구테흐스가 직원들에게 보낸 이메일의 내용이다. 위기를 극복하는 데 꼭 대단한 노력이 필요한 것은 아니다. 작게는 친구와 이웃을 돌보고 마을의 어려운 사람에게 관심을 가지는 것. 우리 모두가 이 위기를 함께 이겨 낼 수 있는 방법이 아닐까? 코로나 바이러스는 코트디부아르가 경제발전이라는 명목 아래 잘 숨겨 온 민낯을 제대로 들추는 계기가 되었다. 코로나 바이러스라는 바람이 지나간 이후, 과연 우리는 똑같은 코트디부아르를 살게 될까?*

---

* 코트디부아르는 총 8만 명의 코로나 확진자 중 8백 명대 사망자만을 기록해 비교적 팬데믹을 잘 이겨냈다. 서아프리카는 2014~2016년 사망률이 50%에 이르는 에볼라 바이러스를 겪으며 전염병 대응체계를 상당 부분 갖춘 것으로 평가받는다. 2010년 선출된 와타라 대통령은 2023년 현재까지 13년째 재임 중이며, 코트디부아르는 팬데믹에도 불구하고 2022년 6%대 경제성장을 기록할 것으로 예상된다. 하지만 코트디부아르 지인들은 경제성장을 실질적으로 체감하지 못하고 있고 코로나 이후 인플레이션으로 인해 생활이 더 어려워진 이들이 많다고 전해왔다. 공공보건소의 상황은 여전히 열악하고 몇몇 곳은 끔찍할 정도라고 표현했다. 난 지금도 종종 나를 따라 미국에 오고 싶다는 안의 연락을 받는다.

스타벅스 이론

스타벅스가 없는 나라에서는 절대 살 수 없다?

사하라 이남 아프리카에 스타벅스가 들어온 나라가 딱 하나 있다. 바로 아프리카 대륙의 최남단, 남아프리카공화국이다. 2016년 남아공에 진출한 스타벅스는 아프리카 진출을 위한 테스트베드인데, 현지 브랜드에 밀려서 진땀을 빼는 중이다. 북아프리카에는 모로코와 이집트에 들어와 있다. 사실 사하라 이남에선 에티오피아 정도를 제외하고는 딱히 커피를 마시는 문화가 아니다. 아프리카에서 생산되는 카카오와 커피는 모두 유럽에 판매하기 위한 기호식품이지 자체 소비하는 상품이 아니다. 스타벅스 확장이 쉬운 도전은 아니다.

'개발학 전공+불어 가능자'의 콤보는 보통 아프리카에 뼈를 묻기 마련이다. 개발학의 종착지가 아프리카며, 불어의 종착지도 아프리카니 말이다. 나도 항상 마음속에 아프리카를 품고 있었다. 언젠가는 현지에 가서, 뭘 할지 모르겠지만 가난한 이들에게 도움이 되는 일을 하겠다는 막연한 생각뿐이었다. 모로코에서 인턴을 할 기회도 있었고, 몇 번인가 떠나려 시도한 적이 있다. 결국 매번 포기했지만. 우습지만 내가 아프리카로 떠나기를 주저했던 가장 큰 이유는 스타벅스가 없어서였다.

개발학을 공부하다 보면 개인의 욕망보다는 선한 영향력을 끼치기 위해 일하는 동료를 많이 만난다. 같은 대학원 아프리카학회에서 만난 언니는 험지에서 아이들 가르치는 일을 하고 싶다고 했다. 그것만으로도 너무 행복할 것 같다고. 그녀는 기독교인이었는데, 말라위에서 한국으로 돌아오는 비행기에서 눈도 안 보이는 부르카를 쓰고 경호원의 부축을 받아 화장실을 가는 여성을 보며 종교적 다양성과 선택권을 줌으로써 아프리카가 더 나은 기회와 개발을 이룰 수 있도록 돕고 싶다고 했다. 함께 취업스터디를 했던 다른 친구도 비슷한 이야기를 했다. 물론 우린 공부보단 치킨, 맥주, 연애 얘기를 더 자주 뜯었지만 그녀는 과거 남수단에서 일할 때 일주일간 물이 안 나와도 예쁜 아이들을 가르치는 일이 그저 행복했단다. 그녀의 아버지도 평생 NGO에서 이웃 돕는 일을 한 분이었다. 얼마 지나지 않아 국내 NGO에 취업한 그녀는 다시 남수단으로 파견되어 3년을 근무했다.

두 사람의 공통점은 남을 돕는 일에 뜻이 있다는 거다. 단순히 국제기구에 일하고 싶어서, 돈을 벌고 싶어서 같은 이유가 아니라 진심으로 봉사하는 삶에서 행복을 찾는 거다. 하지만 나는 과연 그런 사람일까? 자문하고 고개만 절레절레 흔들었다. 나는 개인의 커리어가, 연봉이, 안락함이 중요한 이기적인 사람이다. 아무래도 전공을 잘못 선택한 게 틀림없다.

스타벅스가 있어야 살 만한 근무지라 믿는 나의 '스타벅스 이론'이 탄생한 이유는 단순히 카페를 좋아하기 때문이기도 하지만, 유럽에서 외로울 때마다 마시던 스타벅스 커피가 큰 위로가 되었기 때문이다. 금융위기가 한창이라 참 어려웠던 2009년 스위스에선 한 달에 한두 번 가는 게 다였지만, 촉촉한 초콜릿케이크와 카페라테가 얼마나 위안이 되던지. 스타벅스는 나에게 그냥 카페가 아니라 익숙함이었다. 우리 집에 온 것 같은.

개발분야에서 스타벅스는 또 다른 의미가 있다. 맥도날드가 들어올 정도로 서구화되고 중산층이 두터운 나라에서는 더 이상 전쟁이 일어나기 힘들다는 "골든아치이론"처럼, 스타벅스가 들어올 정도로 나라가 서구화되었다는 것은 그만큼 개방적이고 상당한 발전 단계에 접어들었다는 뜻이다. 그만큼 선진국의 생활환경과 흡사하다는 거다.

아무리 생각을 해도 나는 깜냥이 안 되는 게 분명하다. 다들 현장에서 경력을 수년씩 쌓을 때, 나이 서른이 되도록 고민하며 세월만 보냈다. 걱정 많은 내가 코트디부아르에 오기까지는 스타벅스가 없는 곳에서 살아남을 용기가 필요했다. UN에서 일하는 것을 UN의 하늘색 깃발에 빗대어 자랑스럽게 "푸른 깃발을 섬긴다(Serve for the blue flag)"고 말한다. 내가 푸른 깃발을 섬길 수 있을지 머리로 고민을 하다가 막상 코트디부아르에서

2년을 지내고 내린 결론은 정말 단순하다. 개발 NGO나 UN도 사람이 일하는 곳이다. 결국 모두 월급 받아 하루하루 살아가는 직장인들이다. 우리 모두 스타벅스가 아니라면 다른 무언가로 위로를 받으며 살아간다.

카메룬인인 나의 상사 앙젤은 아주 뼛속까지 UN인 사람이지만, 동시에 사무실의 패션리더이기도 하다. 일 년에 같은 옷을 두 번 입는 일은 거의 없다. 그녀의 옷 방에는 아직 옷이 되지 못한 옷감이 수북이 쌓여 있다. 그녀의 재단사에 대한 정보는 다른 사람과는 절대 공유할 수 없는(해선 안 되는) 1급 비밀이다. 그녀는 복도에서 마주치는 직원의 패션센스에 대해서도 조언을 서슴지 않는다.

다른 프랑스인 친구는 내가 아는 누구보다도 가난한 이들을 잘 보살피는 너그러운 사람이지만, 좋은 요리를 먹고 비싼 휴가지로 떠나는 것에는 돈을 아끼지 않는다. 매주 두세 번씩 레스토랑에서 식사하고 바에서 와인을 마시는 데 수십만 원씩 쓴다. 여름이면 이탈리아의 고급 휴양지로 떠나 해수욕과 서핑을 즐긴다. 덕분에 이제까지 저축은 0원이란다.

결국 '스타벅스 이론'은 험지냐 아니냐를 구분하는 기준이 아니라, 사실 내가 꼴 좋게 세워 놨던 스스로의 가능성을 제한하는 장애물에 불과했다. 용기를 내지 않아도 될 핑계가 되었고, 선택을 정당화하는 변명이 되었다.

코트디부아르에 스타벅스는 없지만 나를 위로해 줄 많은 즐거움이 가득하다. 작게는 발코니에서 매일 보이는 흔들리는 야자수 나무, 아씨니의 아름다운 석호를 보며 즐기는 와인과 랍스터까지 말이다. 대의, 공공의 선, 평화와 발전을 위해 일하지만 일이 곧 내 삶은 아니다. 어려운 사람을 위해 일한다고 해서 어려운 사람과 똑같이 살 수는 없다. 기후변화 대응 분야에서 일한다고 해서 전기 없이 살거나, 비행기 안 타고 육로 여행만 할 수는 없다. 소고기를 끊는 것도 노력 중이지만 아직은 쉬운 일이 아니다. 물론 대의의 정당성이 훼손되지 않는 범위 내에서 삶을 영위하는 것이 옳다. 그러나 일은 일이고, 삶은 삶이다. 그 사이에 어느 정도의 구분이 필요하다. 그렇지 않다면 우리는 모두 가난에 하향 평준화된 삶밖에 살 수 없지 않을까?

내 맘속에 스타벅스 이론은 아직 꽤나 유효하다. 아비장에서 일하면서도 나는 스타벅스 BGM을 틀어 놓고, 마트에서 산 스타벅스 커피를 혼자 내려 마신다. 항상 "스타벅스 가고 싶다"는 말을 입에 달고 산다. 파리에 휴가를 다녀오는 길이면 항상 오를리 공항에서 마지막 스타벅스 커피를 마시며 여독을 푼다. 하지만 앞으로의 여정에서는 스스로에게 묻고자 한다. 또 다른 스타벅스 이론이 나의 가능성을 제한하고 있지는 않은지. 그래서 도전을 꺼리고 있지는 않은지 말이다.

가난한 이를 돕는 좋은 방법

나누고도 기쁘지 않았던 이유

어느 한가로운 주말. 혼자 집 앞 버거킹에서 점심을 먹고 있었다. 주말에 한 번씩 서양식 자본주의의 맛을 봐 줘야 또 한 주를 보낼 기운이 나는 법! 매장 내 테이블이 거의 비어 있는데 한 아홉 살 정도 되어 보이는 여자아이가 내 바로 옆자리에 슬그머니 와서 앉더니 나를 빤히 쳐다보는 것이 느껴졌다. 나도 이제 그 정도 눈치는 있다. 바로 그 신호다. 이럴 때 눈을 마주치면 망한다. 애써 꼬맹이의 레이저 눈빛을 피해 가며 햄버거를 앙 물었다. 견뎌 보자.

자주 걸인들에게 천 원씩 주곤 하지만 아이들

에게 돈을 주는 건 특히나 마음이 불편하다. 돈을 주기 싫어서가 아니다. 어려서부터 동냥에 익숙해지면 그 아이의 미래가 지금보다 나을 것 같지 않아서다. 길거리에서 큰 바구니를 이고 다니며 과일을 파는 꼬마에게 왜 학교를 안 가냐고 물었다. 녀석들은 듣는 체도 하지 않았다. 초등학교 저학년부터 고학년까지 되어 보이는 여자아이들이 서너 명씩 짝을 지어 길거리에서 과일을 파는데 제법 장사에 도가 텄는지 외국인인 나를 상대로 시가의 몇 배를 부른다. 차가 상습적으로 많이 막히는 교차로는 남자아이들의 장사 구역이다. 남자아이들은 두세 명씩 무리 지어 기습적으로 차 앞 유리를 닦아 주고는 팁을 받아 간다. 물론 차 주인이 주고 싶은 마음이 있어야 한다. 코트디부아르의 초등학생 취학률은 2019년 기준 100.3%에 달한다. 통계상 취학률은 백 프로가 넘었지만 통계와 현실의 괴리는 어지간히 크다.

"이모, 돈 주세요. 먹을 게 없어요."

내가 반응을 보이지 않자 아이는 재차 말을 걸어왔다. 이럴 때 꼭 나는 걸인들의 이모, 엄마, 아빠, 사장님 따위가 된다. 나는 슬쩍 흘겨 그 아이를 확인해 보려다 눈이 딱 마주치고 말았다. 그래도 꼬맹이는 준수한 전통의상을 입고 있었다. 하긴 진짜 걸인같이 입어서는 보안요원에 저지당해 쇼핑몰 안에 들어오지도 못했을 테다. 실제로 동네아이들이 이런 쇼핑몰에 견학이라도 하듯 자주 구경을 오고는 했다. 슈퍼마켓 과일코너를 지나가다 보면 그 맛있는 파인애플과 망고 같은 현지 과일은 제쳐 두고 프랑스산 사과를 먹어 보고 싶다며 사 달라고 조르는 녀석들도 왕왕 있었다.

새끼고양이 같은 애절한 부름에 무시로 일관하기는 늦었고 일말의 양심도 불편하기 그지없었다. 어쩔 수 없이 지갑에서 주섬주섬 4천 원을 꺼내 그녀에게 쓱 건네고는 다시 자본주의 흡입에 집중하려 애썼다. 그런데 돈을 움켜쥔 꼬맹이는 고맙다는 말 한마디가 없다. 별로 달가워하는 기색도 아니다. 이건 두 번째 신호다. 여기 걸리면 진짜로 망한다.

"전 엄마 아빠도 없고요. 고모랑 같이 사는데, 집 값을 낼 돈이 없어요. 그래서 돈을 벌어야 해요."

갑자기 화가 불끈 솟았다. 여기서 4천 원은 작

은 돈이 아니다. 특히 아이들에게는 더 그렇다. 성의를 보였으나 고맙다는 말 한마디 없이 돈을 더 달라고 당당하게 요구한다. 마치 내게 돈을 맡겨 놓은 양 말이다. 사무실에서도 나를 마치 은행처럼 여기고 수시로 돈을 빌려 가는 동료들이 여럿이다. 현지 직원들 사이에 내가 돈 잘 빌려준다는 소문이라도 난 걸까? 버거킹에 들어와 꼬맹이가 하필 내 옆에 와서 앉은 것도 다 이유가 있다. 외국인인 내가 돈을 쉽게 주는 걸 알기 때문이다. 한 치 쑥스러움도 없이 저런 얘기를 하는 것 보면 한두 번 해 본 것 아니다. 이 녀석 꽤나 전문가임이 틀림없다.

"돈을 버는 건 네 역할도 책임도 아니야."

단호하게 집에 돌아가라고 했다. 이번엔 꼬마 전문가도 낌새를 눈치챘는지 고양이처럼 미끄러지듯 자리에서 일어나 홀연히 사라졌다. 분명 처음 의도는 좋았는데 하나도 기쁘지가 않았다. 되레 내 기분은 엉망이었다.

누군가를 도와준다는 건 정녕 어려운 일이다. 생각보다 기분 좋아지는 일이 아닌 경우가 많다. 좋은 의도로 기부를 했는데 돈을 더 요구하는 일은 생각보다 흔했다. 대개 외국인은 돈이 많으니 자선 기부는 당연한 거라고 여기고, 심지어 아예 모르는 행인도 내 신발이나 가방 따위를 선물로 달라고 당차게 요구한다. 그냥 장난이라고 웃어넘기기에는 너무 끈질기게 말이다. 알리슨은 모르는 이에게 적선하는 데 천 원 이상은 쓰지 말라고 조언해 줬다. 내가 너무 큰 금액을 한 번에 주면 더 얻을 수 있을 거라고 생각한다고 말이다.

그냥 돈을 뿌리듯 주고 싶진 않다. 주더라도 받는 이에게 더 장기적으로 이득이 되는 방향으로 나눔을 하고 싶다. 개발원조 분야에서도 어떻게 원조가 개도국을 효율적으로 개발할지 끊임없이 연구한다. 자연스럽게 효과성과 효율성을 먼저 고민하게 된다. 가난한 이가 제힘으로 설 수 있도록 돕는 가장 좋은 방법은 좋은 일자리를 제공하는 것이다. 그래서 개발 분야에서 그 지긋지긋한 "물고기를 잡아주는 것이 아닌 물고기 잡는 법을 알려주는" 같은 표현이 자주 등장한다. 일자리를 통해 예측 가능한 수입을 지속적이고 장기간 발생시켜주면 개인의 힘으로 삶의 질을 개선할 수 있다. 그 정도는 아니더라도 기부에도 높은 효과가 있어야 한다고 믿는다.

왜 기부를 하고도 기쁘지 않았을까? 며칠을 골똘히 고민해서 하나 깨달은 것이 있다. 원조정책이 차가운 머리가 하는 것이라면, 기부는 따뜻한 마음이 하는 일이다. 걸인에게 나눈 돈을 어떻게 쓰던 그건 그의 몫이다. 이미 내 손을 떠났기에 이러쿵저러쿵 내가 제어할 수 없는 일이다. 내 욕심에는 그 꼬맹이가 학용품이나 식료품을 사는 데 돈을 쓰길 바라지만, 사실 불투명한 삶을 사는 그녀에게는 내가 이해할 수 없는 다른 품목에 지출을 하는 것이 더 큰 효용일지 모르는 일이다. 어떤 효용이 더 큰지 그녀의 삶을 알지도 못하는 내가 재단할 일이 아니다. 내가 아무리 돈을 주었다해도 조언할 자격이 있는 양 행동하는 것은 어쩌면 굉장한 욕심이 아닌가. 무려 기부하며 사욕을 부리는 것이다.

적선에 고맙다 말하지 않는 것도 마찬가지다. 고맙다는 말도 없이 더 달라 요구를 하니 나도 사람이기에 응당 화가 났다. "왜 고마워하지 않는 거지?" 열을 냈다. 하지만 결국 그녀가 고맙다는 말을 하길 기대하는 내 마음도 이기적이다. 선행을 인정받고 싶은 나 자신의 욕구를 더 중요하게 여긴 탓이다. 고맙다는 말을 들으려 나눔을 하는 것은 아니다. 고맙다는 말이 기부의 비용이라면 난 받고 싶은 마음이 없다. 마음을 한 번 더 들여다본다. 그저 내 도움으로 그녀의 삶이 오늘 하루 좁쌀만큼이라도 더 행복해지기를 바라는 마음뿐이다. 결국 내가 찾아낸 가난한 이를 돕는 가장 좋은 방법은 돕되 상대에게서 대가를 바라지 않는 것이었다.

아예 재활용을 그만둡시다

'재활용'이란 면죄부

"군대에서는 쓰레기로도 애들을 갈굴 수 있는 거 알아?"

남편은 군대 시절 재활용도 중요한 일과 중 하나였단다. 쓰레기를 아주 칼같이 분리배출 하는데 플라스틱 중에서도 PP, PET, Others 등 종류별로 씻고 구분해서 내놓았다고 했다. 제대로 못 하면 분리수거장 담당 병사에게 퇴짜 맞고 갈굼을 당하기 일쑤였다고. 그러던 어느 날, 한 병사가 심부름차 분리된 쓰레기를 수거하는 트럭을 따라갔는데 목격한 광경은 가히 충격이었다. 병사들이 그렇게 구박받아 가며 기껏 분리배출한 쓰레기가 한 구덩이에 우르르 쏟아져 매립되고 있었던 것이다. 분리배출은 결국 다른 병사를 갈구는 수단이나 의미 없는 규율이었을 뿐 재활용 자체가 목적이 아니었던 셈이다.

2015년 한국의 1인당 연간 포장용 플라스틱 소비량은 61.97kg으로 세계 2위를 기록했다.* 우리나라는 재활용을 잘하니까 괜찮다고? 2018년 환경부 보고서에 따르면 우리나라의 재활용률은 87%에 달하는데,** 이 자랑스러운 재활용률은 2018년 중국의 폐비닐 금수 조치로 재활용 쓰레기 대란이 일어나며 그 민낯이 고스란히 드러났다. 해외로 수출해 버리면 과연 재활용을 했다고 할 수 있을까? 심지어 한국의 재활용품 선별장에서도 "하루 들어오는 폐기물 대부분을 소각장으로 보내며", 실제 "재활용되는 양은 전체의 30~40%"뿐이라고 말한다.*** 하물며 해외로 수

---

* "[팩트체크] "한국 플라스틱 소비 세계 최대" 언론 보도, 사실일까?", 〈이데일리〉, 2019.03.07.

** 환경부, 『전국 폐기물 발생 및 처리 현황』, 2018.

*** "분리수거 24년… 재활용 반도 못한 '헛수거'", 〈조선일보〉, 2018.05.07.

출된 쓰레기가 재활용이 제대로 되는지 우리는 알 수 없다. 현재 한국의 재활용 정책은 일회용 쓰레기를 사용하는 소비자들이 죄책감 없이 소비재를 남용하도록 조장하는 면죄부가 되어 버린 지 오래다.

코트디부아르에서는 쓰레기를 분리 배출하지 않는다. 종량제 봉투 같은 것도 당연히 없다. 언뜻 보기엔 아주 엉망인 것 같다. 공식 통계로는 전체 플라스틱의 5% 정도만 재활용이 된다고 알려져 있다. 매립장도 항상 부족해서 아비장 같은 대도시 근교는 쓰레기 문제로 아우성이다. 다행히 최근 코트디부아르 환경부와 세계은행이 새로운 매립지 건설을 위한 프로젝트에 착수했다.

나 역시 수돗물의 안전성에 확신이 들지 않아 생수를 자주 샀다. 우기에는 도시 내 홍수로 인해 시설의 침수가 잦고, 하수처리 시설이 충분치 않아 강으로 오염물이 방류된다. 처음에는 한국처럼 분리수거가 되지 않으니 꽤나 죄책감을 느꼈다. 하지만 잘 관찰해 보면 이곳에서는 재활용이 어지간히 잘 되고 있다. 길거리에는 플라스틱 병을 줍기 위한 동네 아이들의 경쟁이 치열하다. 처음엔 꼬마들이 길거리 청소 아르바이트라도 하는 줄 알았는데, 알고 보니 플라스틱 병을 모아서 파는 거였다. 아이들은 플라스틱 병을 모아서 중간상인에게 병 10개에 40원 정도를 받고 판다고 한다. 이 중간상인은 이걸 큰 시장에다 다시 판다. 이렇게 모인 플라스틱 병은 세척 후 땅콩이나 쌀알 따위를 담는 용기로 재래시장에서 재사용된다. 재활용이 돈이 되니 자연스럽게 시장이 형성되는 것이다. 이런 생활밀착형 재활용 실태가 통계에 제대로 잡힐 리 만무하다.

형편이 넉넉하지 않은 보통 사람들은 선진국에서 헐값에 수입해 온 중고의류를 사 입는다. 중고의류도 상태에 따라 몇백 원에서 몇천 원까지 가격이 천차만별이다. 그런데 유독 한국어가 쓰인 옷을 입은 사람들이 자주 보인다. 우리 사무실을 청소하는 용역회사 사장은 항상 '○○동 노인회' 조끼를 입고 다닌다. 2002 한일월드컵 때 유행한 붉은 악마 티셔츠는 길거리에서 자주 눈에 띈다. 한국에서 버려진 옷들이 아프리카로 많이 흘러 들어옴을 몸소 느낄 수 있다. 우리 집 가사도우미 안도 중고시장에서 구한 한국산 중저가 브랜드

가방을 자주 들고 다녔다.

큰길에는 시에서 운영하는 쓰레기차가 정기적으로 쓰레기를 수거해 간다. 우리 집같이 작은 골목길에 위치한 집들은 별도로 소정의 비용을 내고 쓰레기를 주 2~3회 치워 주는 사설 서비스를 이용한다. 월세를 낼 때마다 1만 원 정도를 쓰레기 처리비용으로 함께 낸다. 일단 내가 쓰레기를 밖에 내놓으면 우리 집 건물 관리인이 일차적으로 쓸 만한 것을 챙긴다. 그는 플라스틱 물병도 꼭 챙긴다. 이차적으로 쓰레기 처리업체 사람들이 와서 또 이것저것 사용할 만한 것들을 챙겨 간다. 안은 내가 버리려 내놓은 요거트 용기를 챙겨 간다. 나중에 보니 그걸 도시락통으로 쓰고 있었다. 다른 집에서도 자잘한 텀블러부터 귀걸이까지 망가져서 버린 물건을 가사도우미가 주워서 쓰고 있더라는 이야기가 흔히 들린다.

가난하니 어쩔 수 없이 재사용하는 거라 치부할 수도 있다. 하지만 미국과 유럽 등 선진국에서도 이러한 변화는 빠르게 일어나고 있다. 일례로 미국에서는 몇 년 전부터 'Thrifting(절약쇼핑하기)'이라 부르는 중고 쇼핑이 젊은 세대에 유행하면서 덩달아 중고의류 가격이 크게 올랐다. 유튜브에서는 'Thrift Queen(절약쇼핑의 여왕)'이라고 불리는 중고 쇼핑으로 옷을 잘 입는 유튜버들이 스타덤에 오른다. 스레드업(ThredUp), 포쉬마크(Poshmark), 디팝(Depop) 등등 중고의류 플랫폼이 매우 활성화되어 이를 통해 부수입을 챙기는 사람들이 생길 정도다. 굿윌(Goodwill) 같은 곳에 옷을 기부하면 팔린 만큼 연말정산 때 기부로 인정도 받을 수 있다.

재활용이 정책상, 통계상으로만 잘 되는 한국에 부족한 것은 바로 이처럼 폐기물을 자원으로 보는 시각과 시장이다. 풍요 속에서 사는 우리들은 사고 지겨워지면 버리는 것이 습관이다. 내가 버린 쓰레기가 다른 이들에게는 자원이다. 그 흔한 요거트 통조차 말이다. 물론 쓰레기를 다른 사람이 뒤져서 재사용한다는 게 썩 기분 좋은 일만은 아니다. 내 쓰레기가 언제 어떻게 헤쳐질지 모르므로 생리대 같은 쓰레기는 몇 번씩 꽁꽁 싸서 버려야 했다. 그래도 내게 불필요한 것이 다른 사람에게 가치가 있다니 천만다행이라고 생각했다.

한국처럼 분리수거 종류만 늘리고 규제만 강

요해서는 실용성에 한계가 있다. 폐기물이 돈이 되어야 진정한 의미의 순환경제 시스템이 가능하다. 한국의 재활용 쓰레기 질이 낮은 원인에 역설적이게도 재활용 촉진과 쓰레기 배출 감축을 위한 종량제 정책이 있다. 재활용이 안 되는 플라스틱들은 종량제 봉투에 담아야 하지만, 봉투도 곧 비용이기 때문에 그냥 분리수거되면서 폐기물의 질이 낮아지는 것이다. 너무 많은 정책이 환경을 더 해치고 있는 건 아닌지 다시 생각해 볼 부분이다. 재활용이란 명목으로 더 이상 면죄부가 남발되어서는 안 된다.

또 다른 재미있는 예시도 코트디부아르에서 찾아볼 수 있다. 기념품 가게에서는 쓰레기를 재활용해 만든 작품이 많다. 이런 업사이클링 제품을 만드는 장인들은 예술가로 대접받는다.

아비장의 석호에는 재활용 플라스틱으로 만든 호텔이 있다. 아비장의 플라스틱 문제를 안타깝게 생각하던 한 프랑스인 사업가가 건축했다. 작지만 숙박, 노래방, 레스토랑 등의 시설을 갖추고 있다. 태양열 에너지원을 사용한다. 숙박비는 하루에 10만 원 정도로 식사를 포함한다. 플라스틱 문제를 혁신적으로 접근한 예로 유명세를 탔는데 아깝게도 2019년 며칠 머문 폭풍우로 호텔 전체가 바다로 떠내려가 버렸다.

코트디부아르 북동 지역에는 유니세프가 재활용 플라스틱 벽돌로 학교를 짓고 있다. 레고와 같이 벽돌을 끼워 맞추는 방식이다. 환경문제와 교육, 고용 등 다양한 사회문제를 한 번에 해결하는 프로젝트로 전 세계 언론의 뜨거운 관심을 받고 있다. 아비장 요푸공 지역에는 재활용 플라스틱으로 벽돌을 만드는 공장도 있다.

한 주말에는 아비장 근교 해변에서 플라스틱으로 만든 놀이터를 운영하는 비정부기구를 방문했다. 동네 아이들은 주말마다 시민활동가와 함께 해변 쓰레기를 주워다가 놀이터를 만들고 있었다. 모래를 채워 넣은 플라스틱 병은 벽이 되고 버려진 샌들은 줄줄이 꿰어 지붕이 되었다. 그 쓰레기, 아니 재활용 놀이터는 내가 여태껏 본 어떤 놀이터보다도 눈부시게 빛이 났다.

소 도살장의 기억

언제쯤 채식주의자가 될 수 있을까?

업무차 아비장에서 가장 큰 도살장을 방문했다. 아비장에 공급되는 소고기, 양고기가 모두 이곳 뽀흐부에(Port-Bouët)를 통해 유통된다. 돼지와 양계 도축장은 별도로 아비장 북쪽에 위치해 있다. UNEP와 캐나다, 코트디부아르 정부가 도살과정에서 생기는 각종 오수와 액체 폐기물 처리과정을 개선하는 프로젝트를 기획 중이라 삼 일간의 워크숍을 마치고 현지 조사를 위해 대표단이 소 도살장을 찾았다. 도살장에서 몇 미터 떨어진 곳에 차를 세웠지만 벌써 묘사 불가한 냄새가 코를 찔렀다. 생전 처음 맡아 보는 수준의 짙은 비린내였다. 도살장 입구에는 생고기를 사고파는 좌판이 즐비했다. 나를 포함한 캐나다인 등 외국인 무리가 입구로 들어서자 우리를 쳐다보는 좌판 아낙들과 일꾼들의 시선을 느낄 수 있었다.

우리는 먼저 관리사무소를 방문해 액체 폐기류 현황에 관한 간단한 발표를 들었다. 관리소에서는 도살장에서 나오는 폐기물을 최대한 통제하기 위해 노력하고 있지만 여전히 많은 양의 폐기물이 강과 바다로 무분별하게 흘러 들어가고 있다고 했다.

현장을 살피기 위해 도살장으로 들어섰다. 바닥은 온통 질퍽한 진흙탕인데 동물 피와 배변 같은 것들로 뒤엉켜진 상태였다. 긴 고무장화를 신었다면 아주 요긴했을 테다. 우리 일행의 표정은 하나같이 난생처음 보는 광경과 냄새에 어둡게 굳었다. 습하고 햇살이 뜨거우니 비린 냄새가 더 강렬해졌다. 그래도 이곳 사람들의 삶의 터전이자 일터인데 완전히 구겨진 얼굴을 하고 있을 순 없었다. 나는 최대한 이상한 표정을 짓지 않으려 노력했는데 그럴수록 더 이상하게 일그러진 표정이 되는 것 같았다.

질퍽한 골목길을 힘겹게 걸어 들어가는데 맞은편에서 웃통을 벗은 현지인 남성이 터벅터벅 걸어오고 있었다. 그는 자기 몸집보다 훨씬 큰 박피된 소고기를 맨손에 맨몸으로 짊어지고 있었다. 방금 도살한 소의 내장을 적출하고 다음 처리장소로 옮기는 모양이었다. 그의 가슴과 배를 타고 핏물이 흘러내리고 있었다. 그 소고기의 무게가 나르는 이의 삶의 무게와도 같아 보였다. 난 토끼처럼 놀란 얼굴을 하지 않으려 무진 애를 썼다. 한편으론 내가 마트에서 사 먹는 깔끔하게 포장된 소고기가 이런 과정을 거쳐 생산되고 있었음을 깨닫고 가슴이 조여왔다. 질퍽한 골목길을 지나는 많은 이 중에는 초등학교 저학년이나 될 만한 어린 남자아이도 있었다. 그 아이는 양 머리만 가득 모은 수레를 옮기고 있었다.

"오늘 손님들 온다고 이런 거 옮기지 말라고 그랬지!"

관리소장이 아이의 수레에 발길질을 해댔다. 그 발길질에 양 머리 몇몇이 질퍽한 바닥으로 데굴데굴 굴러떨어졌다. 아, 우리의 작은 개입은 이들의 일터에 어떤 식으로든 이미 영향을 주고 있었다.

도살장이라고 부르기도 민망한 시설은 벽도 없이 시멘트 바닥과 천장으로 된 뻥 뚫린 건물이라 굳이 안으로 들어갈 필요도 없었다. 멀리서 지켜보니 낡은 천장에 소를 매달아 놓고 대여섯 명의 일꾼이 박피를 하고 있었다. 그들은 그 흔한 고무장갑이나 작업복 같은 장비도 없었다. 천장에 소를 고정해 놓은 갈고리와 고기를 절단하는 작은 칼이 장비의 전부였다. 사람이 없는 틈을 타 남은 고기를 주워 먹으려는 새들이 무리 지어 건너편 건물 지붕에서 사방을 예의 주시하고 있었다.

슈퍼마켓에서 파는 포장된 고기들이 이런 과정을 거쳐 내 손으로 도착했다 생각하니 정신이 아득해졌다. 구식 도살장 맞은편에는 새로 지은 신식 도살장이 개장을 앞두고 있었다. 벽과 지붕이 있는 제대로 된 신식건물 내부에는 단계별로 소고기를 처리하는 현대적 시설이 갖추어져 있었다. 관리소장은 자랑스럽게 신식 도살장을 보여주며 아직 개장 전이니 인터넷에 사진을 올리지 말라고 신신당부했다. 곧 캐나다 정부의 후원까지 받을 예정이라 그는 꽤나 흥이 나 보였다.

견학을 마치고 관리소장이 방금 잡아 시장에서 요리한 양고기를 우리에게 대접했다. 어찌나 친절한지 아까 어린 남자애의 수레를 걷어차던 사람과 같은 사람으로 보이지 않았다. 소를 도축하는 과정을 방금 지켜보았고 피와 변 냄새로 너무 충격을 받은 상태라 도저히 그 고기를 먹을 수가 없었다. 손님을 대접하기 위해 준비한 음식이니 거절할 수 없어 억지로 고기 한 점을 입에 욱여넣었다. 보기 드물게 맛있는 양고기 요리였지만 도저히 삼킬 수가 없었다.

그 후에도 한 달이 넘도록 고기를 먹을 수가 없었다. 비릿한 동물 피, 변 냄새. 머릿속까지 그 냄새가 배어들었다. 한 번은 닭다리를 먹는데 도살장에서 맡은 냄새가 난데없이 뇌리를 휘감았다. 도살장을 배경으로 살아가는 변변한 옷가지나 장비도 없는 사람들이 생각났다. 도대체 동물 것인지 사람 것인지 알 수가 없는 변 냄새. 비릿한 동물 피, 질펵한 길바닥. 닭다리를 집자마자 나를 괴롭히는 이 기억과 냄새는 아마도 트라우마인 듯했다. 막연히 언젠가는 채식주의자가 되면 좋겠다고 생각했는데 이렇게 비자발적으로 되어가는 건가.

주변 친구들도 식중독을 앓거나 도살정책에 대해 조사하다가 채식주의자가 되기로 마음먹었다고 했다. 혼자 식사를 할 때는 고기를 먹지 않았지만 지인들과 함께하는 식사자리에서는 혼자 가만히 있을 수가 없었다. 괜스레 유난을 떠는 모습을 보이기 싫어 겨우 고기를 먹기 시작했고 그렇게 먹다 보니 거부감은 차츰 줄어들었다. 비자발적으로 채식주의자가 되는 데에는 실패했다.

최근 미국에 온 이후로 다시 채식에 도전했다. 아비장에서는 의지박약과 상황적 제약으로 실패했지만 이번이야말로 마음을 제대로 먹었다. 다양한 음식을 먹는 데서 오는 기쁨을 완전히 배제하고 살 수는 없어서 일주일에 정해진 횟수만 고기를 먹고 나머지는 채식을 하는 플렉시테리안(Flexitarian)이 되고자 목표를 세웠다. 월요일부터 금요일까지 평일에는 채식을 하고 주말에만 고기를 먹는 게 내가 세운 규칙이었다. 여행에서는 그 지역의 진미를 맛볼 기회를 놓치고 싶지 않아 예외로 두기로 했다.

아비장에서 채식 식단을 하는 데 걸림돌 중 하나가 단백질 대체제의 부족이었다. 미국에서는 두

부나 대체육을 어디서든 쉽게 구할 수 있으니 채식을 하기가 훨씬 수월했다. 더구나 유명 대체육 브랜드의 질이 얼마나 좋은지 양념이라도 곁들이면 진짜 고기와 구분이 쉽지 않을 정도다.

식량 및 식품 관련 온실가스 배출량은 전체 배출량의 25%가량으로 추정된다. 그중에서도 낙농업과 유제품이 15%가량을 차지한다. 육류 종류별 탄소발자국을 조사해 보면 다른 고기보다도 소고기로 인한 온실가스 발생량이 특히 높다. 그 이유는 육우를 사육하는 과정에서 발생하는 메탄과 산림훼손 때문이다. 메탄은 이산화탄소보다 34배나 더 강력한 온실가스이다. 낙농업이 소고기와 유제품을 대량 생산하면서 발생하는 산림 훼손과 벌채도 온실가스 발생량에 반영된다.

옥스퍼드 마틴 스쿨의 마르코 스프링맨 박사의 연구에 따르면, 전 세계 모든 인구가 채식주의자가 된다면 식량분야의 온실가스 발생량을 60% 가량 줄일 수 있다.* 물론 이는 현실적인 수치는

---

* Macro Springmann (Eds.), *Analysis and valuation of the health and climate change co benefits of dietary change*, PNAS, 2016.

아니고 식량 분야에서 우리가 얼마나 많은 온실가스를 감축할 수 있는지를 상징적으로 보여 준 것이다.

사회적인 문제까지 고려한다면 선진국은 채식을 도입할수록 환경과 국민건강에 긍정적인 효과가 있고 반대로 개도국에서는 되레 빈곤과 영양부족으로 인한 악영향이 발생할 수 있다. 물론 채식이 기후변화와 동물복지란 문제의 최적의 해법은 아닐지도 모른다. 그러나 대단한 기술의 발전이나 투자 없이 개인의 참여만으로 기후변화에 대응할 수 있다는 것은 의미 있는 일이 아닐까 싶다. 적어도 열린 마음으로 한 번쯤 채식에 도전해 본다면 의외의 즐거움을 발견하게 될지도 모른다.

프로퇴직러에게 아프리카가 남긴 것

아프리카를 발견하러 떠났는데,
되레 나를 발견하고 돌아오다

개발학을 전공한 나에게도 아프리카는 두려운 곳이었다. 동기들은 휴학하고 에티오피아, 수단 등지에서 경력을 쌓는데, "난 아프리카에서는 못 살 사람이다"라고 단정 짓고 도전조차 하지 않았다. 모로코, 카메룬 같은 근무지에 지원을 했다가 면접도 안 가고 포기한 적도 있다. 그만큼 난 겁쟁이였다.

한 번은 마음먹고 다대다 면접에 갔더니 나를 제외한 다른 지원자들은 모두 아프리카 근무 경력이 있었다. 스스로 빛내고 반짝여야 할 면접 자리에서 그들이 '아프리카 실무경력 유', '불어로 업무 가능'을 내세우며 뽐내는데, 나는 긴장된 공기를 들이쉴 때마다 점점 작아져 쪼그라들기만 했다. 오죽하면 면접관이 나더러 왜 자기 자랑을 하지 않냐 물었을까. 난 그 면접에서 불합격했다.

개발원조 분야를 조금 떠나자 안락함이 찾아왔다. 나와는 비교 불가능한 열정, 스펙, 경험으로 무장한 사람들과 경쟁하고 싶지 않았고 생존할 자신도 없었다. 개발원조 분야에서는 당연하게 느껴지는 영어, 프랑스어 같은 능력도 조금만 다른 분야로 가면 더 인정을 해주는 분위기였다. 안락함이 행복으로 느껴지기도 했다. 하지만 내가 행복이라고 부르던 것은 더 이상 경쟁의 의지가 없는 스스로와의 타협안이기도 했다.

안락함은 오래지 않아 지루함이 되었다. 조직이라는 틀에 맞춰 나를 변형하는 것도 정도가 있었다. 일에 대한 애정이나 열정이 없어서 더 힘들었을 수도 있다. 존엄성을 짓밟고 개인을 존중하지 않는 한국 직장과 사회가 너무 아파서 마음이 멍들었다. 두 번의 치질 수술을 했고, 원인을 알 수 없는 어지럼증과 만성피로도 계속됐다. 맞지 않는 테트리스 조각을 억지로 끼워 넣으면서 괜찮다고 스스로를 세뇌했다.

그렇게 안락함을 떠나 코트디부아르로 향한 것은 재미있게도 자의보단 타의에 가까웠다. 더 이상 선택의 여지가 없는 느낌이었달까? 그런 마음으로 왔으니 초반에 어찌나 정착이 힘들었던지, 처음 며칠 눈물 꽤나 쏟았다. 하지만 결론부터 말하자면 한국을 도망치듯 떠나 코트디부아르로 간 것은 천운이었던 것 같다.

함께 아비장에서 지낸 한국 동료들은 코트디부아르를 '군대 이야기'라고 표현한다. 남자들 군대 얘기가 여자들에게 '노잼'이듯이, 아프리카 얘기가 한국 친구에게 '노잼'이란 뜻이다. 대신 우리끼리는 어찌나 재미진지 수다가 주야장천 계속된다. 그만큼 코트디부아르가 남긴 것이 많다. 반타의로 떠난 아프리카이지만, 안락함을 떠났기에 성장할 수 있었다. 감사하게도 이루 다 말로 표현하기 힘든 많은 경험과 교훈을 코트디부아르에서 얻었다. 앞으로 살아갈 인생에서 잊지 않기 위해, 그리고 많은 사람들과 나누기 위해 소중한 순간들을 이렇게 글로 남겨 본다.

코트디부아르에서는 안녕한지 물을 때 "밤에

잘 잤어요?"라고 묻는다. "봉주르!", "메르씨!" 인사도 습관적으로 건넨다. 한국에 돌아와서도 "안녕하세요", "고맙습니다"를 자동적으로 하게 되었다. 강남대로에서 전단지를 나눠 주는 아주머니에게 나도 모르게 "감사합니다"가 나왔는데, 아주머니는 나더러 "인사하는 거 보니 외국에서 살다 왔구나?" 하고 되물었다.

아비장에서는 모든 이웃과 행인이 친구가 되었다. 골목가게 할머니는 항상 신기한 과일이나 야채를 덤으로 챙겨주었다. 퇴근길에는 반드시 헬스장 앞을 지나치는데 헬스장 직원부터 트레이너들이 "내일은 꼭 운동해!"라며 잔소리를 해댔다. 애정이 없다면 하지도 않을 잔소리였다. 일주일에 두세 번씩 꾸준히 운동을 해서인지 제법 체력이 좋아졌다. 헬스장 옥상에서 스피닝을 하면서 풍경을 내려다보면 어찌나 상쾌한 기분인지. 운동이 끝나고 집에 와서 맥주 한잔을 겸해 저녁을 들어도 8시밖에 되지 않았다. 저녁이 있는 삶이다. 창밖에는 주홍 노을을 배경 삼아 한가로운 야자나무가 흔들거렸다.

모래라면 질색이라 바다는 구경만 했었는데

코트디부아르에서 처음으로 서핑도 배웠다. 아직 초보지만 처음으로 모래, 햇볕, 파도를 즐기게 되었다. 밍밍하다고 생각했던 코코넛이 얼마나 맛난지 알게 되었다. 특히 해변에서 자라는 야자수는 염분이 있는 물을 먹고 자라 코코넛이 한결 더 달다. 손님에게 코코넛을 대접하는 사람들의 친절함도 함께니 그렇게 맛날 수가 없다. 삶의 행복은 구경하는 것보다 직접 경험하며 더 커졌다. 사소한 것 속에도 다 기쁨이 있었다.

하루는 일하는 와중에 청소일을 하는 직원이 상기된 얼굴로 내 사무실에 부리나케 달려 들어왔다. 무슨 일인가 싶어 물어보니 첫째 아들이 반에서 1등을 했다고 한다. 공부 잘하는 자식을 자랑하고 싶은 건 역시 만국 공통인 모양이다. 청소일을 하는 여자들은 대부분 글을 읽을 줄 모른다. 아직도 코트디부아르 여성의 30% 정도가 문맹이다. 그녀의 아버지, 형제들도 다 글을 읽고 쓰는데, 여자라고 그녀만 교육을 제대로 받지 못했다. 하지만 그녀가 청소일로 교육한 아들은 배우고 성장해서 언젠가 더 나은 삶을 살게 될 거다.

아비장에는 새로운 건물을 얼마나 빨리 짓는

지 자고 일어나면 건물이나 도로가 생겨 있다. 우리 디렉터는 마치 "팝콘 튀기듯" 건물을 짓는다고 비유했다. 건설현장에서 일하는 인부들 중에는 토고, 부르키나파소 같은 이웃국가에서 돈을 벌러 온 사람들이 많았다. 피부가 밝고 귀염상인 택시기사를 만나면 어디 출신인지 종종 물어봤는데 매번 기니 사람이라고 했다. 코트디부아르는 주변국에서 일자리를 찾으러 이민을 올 정도로 경제가 발전했다.

한 번은 택시기사가 어려 보여서 말을 시켜 보니 대학생이란다. 환경공학 전공이라며 코트디부아르의 환경문제를 해결하고 싶다고 했다. 이틀에 한 번씩 택시를 몰며 학비와 생활비를 번단다. 고등교육을 받고 성실한 그의 자녀들은 또 어떤 다른 삶을 살게 될까? 일상 속에서 느낄 수가 있었다. 코트디부아르는 하루가 다르게 발전 중이라는 걸 말이다. 나는 이 변화를 생생하게 체감했다.

하루는 체육관에서 운동을 마치고 알리슨과 젤라토를 안주 삼아 잡담을 하고 있었다. 갑자기 한 행인이 우리 옆에 다가와 성토를 시작했다. 아내가 쌍둥이를 낳아서 젖병을 사러 약국에 왔는데, 약사가 젖병은 돌려쓰는 게 아니라며 두 개를 사야 한다고 했단다. 그런데 돈이 부족해 한 개밖에 못 샀다며 검은 봉지에 든 젖병을 보여 줬다. 나라면 이 사람이 하는 말이 사실일까 따지려 했을 텐데, 친구는 고민도 하지 않고 그에게 선뜻 돈을 건넸다. 오랜 시간 아비장에 살면서 나눔을 습관처럼 실천해 온 그녀의 따뜻한 마음씨가 느껴졌다. 그녀의 가족들 모두 좋은 귀감이었다. 크리스마스에 학용품을 기부하거나 옥살이 중인 여성 수감자들에게 비누를 후원해 주는 기부를 항상 생활처럼 하고 있었다.

의심만 가득하다면 아무리 돈이 많아도 누굴 도울 수 있을까? 부자는 아니지만 나도 더 나눌 만큼 충분히 여유 있는 사람이었다. 어떤 사람이 되고 싶은지 고민해 보면 너무 속지 않으려 아등바등 애쓰기보다 가끔 속더라도 기꺼이 너그럽게 내어줄 수 있는 친절한 사람이 되고 싶다. 내가 스스로 만 원을 써서 생기는 효용보다 다른 이에게 그 가치가 훨씬 크다면 내어주지 않을 이유가 없다.

코트디부아르에서 2년을 보낸 후, 햇볕에 그

을린 살갗만큼이나 난 강해져 있었다. 비타민 D를 많이 생성해서일 수도, 말라리아에서 회복한 후 면역력이 강해져서일 수도 있다. 외국인에게 바가지 씌우는 상인, 택시기사들과 붉으락푸르락 싸워낸 끝에 진정한 전사로 거듭났기 때문일 수도 있다. 어쩌면 전 직장 상사가 날 묘사했듯 "외국에 살다 와서 개인주의적인" 사람이 된 걸 수도 있겠다. 그러나 신기하게도 한국에서는 만성적으로 앓던 변비도, 어지럼증도 아비장에서는 한 번도 날 괴롭히질 못했다.

전 직장이 그렇게 힘들지 않았다면 떠날 용기도 내지 못했을 거다. 매일같이 말로만 아프리카 가고 싶다 노래 부르며 꿈은 꿈대로 건드리지 않은 채 살았겠지. 그렇게 구석에 몰린 상황이 아니었다면 난 계속해서 안락한 편안함을 행복으로 믿고 살았을지도 모른다.

나는 겁이 많은 사람이다. 걱정도 많고 자신감도 부족한 사람이다. 하지만 그렇기에 용기를 낼 수 있었고 도전도 할 수 있었다. 겁이 많지 않다면 용기를 낼 필요도, 도전할 필요도 없을 테니까.

"죽으면 어떤 사람으로 기억되고 싶어?"라는 질문을 받은 적이 있다. 그땐 잘 대답하지 못했는데 지금은 알 것 같다. '더 좋은 사람'이 되고 싶다. 인생을 더 좋은 사람이 되기 위해 노력하는 과정으로 살고 싶다. 나는 어려움 속에서 희망을 보는 사람, 더 친절한 사람, 어려운 이들에 관심을 기울이는 사람이 되고 싶다. 코트디부아르를 통해 어떤 사람이 되고 싶은지 어떤 인생을 살고 싶은지 조금 더 이해하게 되었다. 아마도 나를 좀 더 잘 알게 되었기 때문에 강해진 걸지도 모르겠다. 인생의 항해를 위한 나침반 같은 것을 갖게 되어서 말이다.

아비장 생활을 마치고 귀국하게 되면서 우리 가사도우미 친구 안은 졸지에 일자리를 잃게 되었다. 그녀의 가정사를 잘 알다 보니 그게 그렇게 눈에 밟힐 수가 없었다. 타지에 돈 벌러 간 남편은 바람이 났는지 몇 개월째 연락이 안 되고 혼자 힘으로 세 아이를 키우는 그녀였다. 일자리를 소개해 주고 싶었지만 코로나 때문에 대부분의 외국인들이 아비장을 떠난 상황이었다. 대신 그녀의 꿈인 작은 미용실 차리기를 돕기로 했다. 귀국 전에 남은 현지 돈으로 그녀의 꿈을 지원했다. 사업 경험이 많은 현지인 친구에게 그녀의 사업에 조언도 부탁했다. 누군가에게 꿈을 선물한 건 난생처음이었다. 명품가방을 산 것보다 더 행복했다.

아프리카를 발견하러 떠났는데, 되레 나를 발견하고 돌아왔다.

맺는 말

나는 한 달 정도 조기 귀국을 결정했다. 코로나 팬데믹 동안 쓰지 못한 휴가를 이용해서 근무를 일찍 종료한 것이다. 대부분의 한국인 동료들은 코로나 창궐 초기에 귀국했다. 많은 주변 사람들에게 제대로 된 작별 인사도 못 한 채 아비장을 떠났다. 그렇게 2년간의 코트디부아르 생활이 끝났다. 코트디부아르와의 만남과 작별에서 내가 미리 준비할 수 있었던 것은 생각보다 많지 않았다.

한국에서 두어 달 휴식을 가졌다. 아침마다 샌드위치와 아이스커피를 시켰다. 시차적응을 하는 동안 족발부터 치킨까지 그리웠던 음식을 원

없이 먹고 잠만 자는 불규칙한 생활을 했더니 식도염이 급격히 악화했다. 아비장에서는 한 번도 식도염으로 고생한 적이 없었는데… 내가 그간 얼마나 건강하게 지냈는지 새삼 깨달았다.

반가운 치맥과의 재회도 잠시 이번엔 미국행 비행기에 몸을 실었다. 인턴십이 끝나고 미국 IT 기업에 채용이 된 남편을 따라 나도 미국행을 택했다. 다른 아프리카 국가에서 일을 계속하고 싶었지만 영영 장거리 결혼생활이 끝나지 않을 것 같아 고민 끝에 내린 결정이었다.

시카고 공항에서 환승편을 기다리며 라운지에 들렀다. 작은 라운지 구석구석 사람들이 앉아 있는데 온통 백인뿐이었고, 우리가 유일한 유색인종이었다. 한 테이블에 자리를 잡고 앉아 주변을 둘러보니 케이터링 서비스를 하는 웨이터와 청소직원은 모두 아프리카계 미국인이었다. 잠시 꿈결에 아비장으로 돌아온 듯한 착각이 들었다.

아비장의 고급호텔에 가면 서비스를 즐기는 이들은 모두 밝은 피부의 유럽계 백인이나 레바논인이었다. 반대로 일하는 이들은 모두 어두운 피부의 코트디부아르 사람들이었다. 아비장에서 흑

백은 인종의 구분을 넘어 사회경제적 계급을 나타내는 수단이었다. 백인을 포함한 외국인의 부유함은 당연하게 여겨졌다. 현지인들은 조금이라도 피부색이 밝은 사람과 결혼하고 싶어 했다. 흑인도 백인도 아닌 밝은 피부의 흑백 혼혈은 현지인의 관심을 유독 많이 받았다.

유전자 검사에 의하면 30% 백인인 알리슨의 경우 사람들이 끈질기게 어느 나라 사람인지 어떤 인종인지 추궁하는 바람에 자포자기의 심정으로 코트디부아르 사람이라고 앵무새처럼 대답하곤 했다. 그녀가 프랑스인이라고 사실대로 말했다면 사람들의 흑백논리를 정당화해 주는 답변이 되었을까?

미국에서 똑같은 상황을 마주하리라고는 예상치 못했다. 어쩌면 개발도상국과 선진국이라는 경제적 차이에도 불구하고 복잡미묘하게 역사적으로 연결된 아프리카와 아메리카라는 두 대륙은 비슷한 사회문제를 겪고 있는지도 모른다.

나는 다시 대학원에 진학하기로 했다. 스물아홉에 첫 번째 대학원을 시작하며 늦은 나이를 한탄하였는데 이제는 서른이 넘어 두 번째 석사 과정을 밟는 것이다. 늦깎이 공부와 나는 지독한 운명인 게 틀림없다. 코트디부아르라는 과제를 완료한 플레이어로서 미국에 적응을 하는 게 걱정되진 않았다. 다만 친구들이 직장에서 과장, 차장으로 진급할 때 나는 학교로 돌아간다는 게 흡사 부루마블 게임에서 '시작점으로' 돌아가는 벌칙을 받는 것 같았다. 시작점에서 도착점을 바라보면 그 거리는 참 멀게 느껴졌고 나는 한 발짝이 아니라 한참 멀리 뒤처져 있다.

그럼에도 불구하고 나는 이 늦은 시작을 후회하지 않는다. 오히려 이제라도 제대로 된 방향으로 나아갈 생각이다. 늦은 김에 그냥 확실히 늦는 것도 그리 나쁘지 않다. 꽃이 만개하는 시기는 꽃마다 다르다. 물론 걱정요정의 걱정은 풍년이다. 잘 해낼 수 있을까? 석사를 두 번 하느니 차라리 박사를 해야 하는 걸까? 혹시라도 대학원 때문에 미국에서 또 장거리 신혼생활을 해야 하는 건 아닐까? 이따위 영어 실력으로 미국에서 취업이 가능할까? 하강을 시작한 비행기 유리창 너머로 피츠버그를 내다보며 앞으로 어떤 어려움이 닥칠까 상상해 본다.

아비장에 혈혈단신으로 떨어지던 그날이 떠오른다. 난 미숙했고, 겁쟁이였으며 상황은 지금보다 훨씬 여의치 않았다. 그러나 그 겁쟁이는 매일매일 단단해졌다. 나는 매일 한 발자국씩 앞으로 나아갈 것이다. 그저 평소처럼 말이다.

슬기로운 아프리카 생활

초판 1쇄 발행 2024년 3월 28일

지은이 이은영
펴낸이 강수걸
편집 이선화 강나래 오해은 이소영 이혜정 김성진 송연진
디자인 권문경 조은비
펴낸곳 산지니
등록 2005년 2월 7일 제333-3370000251002005000001호
주소 부산시 해운대구 수영강변대로 140 BCC 626호
전화 051-504-7070 | 팩스 051-507-7543
홈페이지 www.sanzinibook.com
전자우편 sanzini@sanzinibook.com
블로그 sanzinibook.tistory.com

ISBN 979-11-6861-243-3 02810

* 책값은 뒤표지에 있습니다.
* 잘못된 책은 구입하신 곳에서 교환해드립니다.